韓國의 漢詩 13

柳下 洪世泰 詩選

한국의 한시 13

유하 홍세태 시선

허경진 옮김

평민사

옮긴이 **허경진**은 연세대학교 국어국문학과를 졸업하고,
같은 대학원에서 문학박사 학위를 받았다. 목원대학교 국어교육과 교수와
열상고전연구회 회장을 거쳐, 연세대학교 국문과 교수를 역임했다.
《한국의 한시》 총서 외 주요저서로는 《조선위항문학사》, 《허균 평전》,
《허균 시 연구》, 《대전지역 누정문학연구》,
《성호학파의 좌장 소남 윤동규》 등이 있고,
옮긴 책으로는 《연암 박지원 소설집》, 《매천야록》,
《서유견문》, 《삼국유사》, 《택리지》, 《허난설헌 시집》,
《주해 천자문》, 《정일당 강지덕 시집》 등 다수가 있다.

韓國의 **漢詩** 13
柳下 洪世泰 詩選

초   판 1쇄 발행일   1991년 4월 20일
초   판 2쇄 발행일   1998년 4월 1일
개정증보판 1쇄 발행일   2021년 5월 31일

옮 긴 이   허경진
만 든 이   이정옥
만 든 곳   평민사
            서울시 은평구 수색로 340 〈202호〉
            전화 : 02) 375-8571
            팩스 : 02) 375-8573
            http://blog.naver.com/pyung1976
            이메일   pyung1976@naver.com
등록번호   25100-2015-000102호
ISBN   978-89-7115-774-9   04810
            978-89-7115-476-2 (set)
정   가   12,000원

머리말

　홍세태는 불행한 시인이다. 신분에 매이다 보니 기술직으로 받은 벼슬도 신통치 않았거니와, 두 아우와 두 딸들을 자기보다 먼저 저 세상으로 보내야만 하였다. 늘그막에 자기의 불행한 일생을 돌이켜보면서 지어 불렀던《염곡칠가(鹽谷七歌)》는 한 편 한 편이 모두 뼈에 사무치는 탄식의 노래들이다.

　그러나 이러한 가난과 굴레 속에서도 그는 자신은 '선비'라고 생각하였다. 소유(小儒)·위항지사(委巷之士)·군자(君子)라는 지칭은 모두 벼슬에의 동경이라기보다는 글 읽은 사람의 책임을 느껴서 다짐하는 이름들이다.

　그는 호구지책을 위하여 전국 여러 곳을 떠돌아다녔는데, 이러한 여행길에서 풍류시만 지은 것이 아니라 현실고발의 시들도 지어졌다. 조세(租稅)·군포(軍布)·환곡(還穀)에 얽힌 농민들의 괴로움과 탄식이 그의 시에서는 현실고발로 나타난다. 이러한 현실고발의 시는 그가 가장 아끼던 후배시인 정민교·정내교 형제에 이르러서 더욱 현실감 있게 그려졌다. 많은 사람들이 그의 시를 인정했지만, 그가 가장 고마워한 사람은 임금과 아내였다.

　중국 사신이 와서 우리나라 사람의 시를 보여 달라고 할 때에 경종이 그의 이름을 기억하여 곧 시를 짓게 하였으며, 숙종이 화공에게 명하여〈서호십경(西湖十景)〉을 그리게 할 때에도 그더러 열 편의 시를 지어 바치게 하였다.

　그의 아내는 상자 속에 있던 그의 원고들을 잘 간직했다가 그가 죽은 뒤에 사위와 제자들에게 주어 문집이 간행되게 하였다. 그의 시를 보면 어려운 생활을 함께 이겨온 친구처럼 아내가 그려졌는데, 평민시인으로는 보기 드물게 열네 권 분량으로 간행된 그의 문집을 우리가 보게 된 것도 모두 그 아내 덕분이다. 이런 면에서 본다면, 이런 지음(知音)들을 얻은 그는 행복한 시인이라고 말할 수 있을 것이다.

　1991. 1. 20
　허경진

차례

• 나는 이제 늙고 병들어 죽음에 가까워졌지만, 자녀가 하나도 없이 이곳 영남 바닷가 천리 밖까지 떨어져 있다. 그런데 이 몇 달 사이에 잇달아 두 아우를 잃으니, 슬픔과 괴로움이 처절하고도 심정이 망극하다. 그래서 이 시를 써서 나의 슬픔을 서술하려고 한다. 눈물

만월대
滿月臺

고려 옛터에는 푸른 산만이 남아 있고
황량한 만월대에는 지는 해가 기울었네.
그 옛날 이 땅을 통일했던 곳이건만
무너진 성 밑에는 몇 채밖에 집이 없네.
궁터 느티나무엔 나무꾼의 노래가 서리고
구리 낙타는 들꽃 덤불에 묻혔구나.[1]
천년 늙어 시들은 버들가지에
밤마다 까마귀만 원한 맺혀 운다네.

故國靑山在、　　荒臺落日斜。
當時一統地、　　殘郭幾人家。
玉樹翻樵唱、　　銅馳隱野花。
千年有衰柳、　　夜夜怨啼鴉。

■
* 창작 연대가 밝혀져 있지는 않지만, 초기의 시이다.
1) 진(晉)나라 태수 색정(索靖)은 멀리 내다보는 눈이 있어서, 천하가 장차 어지러워질 것을 미리 알았다. 그래서 낙양(洛陽) 궁문에 서 있는 구리 낙타를 가리키면서 탄식하기를, "네가 가시덤불 속에 묻히겠구나" 하였다.

대마도 가는 배 위에서

沙工浦舟上 1682

나그네 뱃전에 누웠노라니 바다와 하늘이 넓기만 하고,
외로운 배 안에는 별빛도 달빛도 많기만 해라.
아침엔 부산 포구가 눈에 보이더니,
오늘밤에는 갑자기 왜놈 노래가 들려오네.

客臥海天闊、　　孤舟星月多。
釜山朝在眼、　　今夜忽蠻歌。

■

* 사공포는 대마도 서쪽에 있는 포구이다. (원주)
　홍세태는 1675년 식년시 역과(譯科)에서 한학역관(漢學譯官)으로 뽑혀
이문학관(吏文學官)에 제수되었고, 첨정(僉正)을 역임하였다. 1682년 정
사 윤지완(尹趾完)을 비롯한 통신사(通信使) 일행이 도쿠가와 쓰나요시
[德川綱吉]의 쇼군[將軍] 습직(襲職)을 축하하기 위해 일본을 방문하였을
때, 부사 이언강의 자제군관(子弟軍官)으로 제이기선(第二騎船)에 배속
되어 일본에 다녀왔다. 홍세태는 사행 동안 줄곧 많은 일본문사들과 만나
필담을 나누었고, 시를 주고받았다.

이키노시마에서 배를 띄우고
一歧放舟 1682

1.

뗏목 한 척으로 바다를 가로지르노라니 길이 순탄해
긴 바람 불어서 가없는 곳으로 나를 들여보내네.
나를 따르는 것은 오직 푸른 하늘빛인데
문득 바라보니 부상이 물 서쪽에 있구나.

橫海孤槎路不迷。　　長風吹我入無倪。
相隨獨有靑天色、　　却視扶桑在水西。

■
* 이키노시마는 규슈[九州] 북방 현해탄(玄海灘)에 접해 있고, 후쿠오카현
과 쓰시마의 중간에 위치한 섬인데, 일기도(壹岐島)나 이키[壹岐]로도 알
려져 있다. 쓰시마와 함께 예전부터 규슈 본토와 한반도를 연결하는 해상
교통의 중계지로서 역할을 담당해왔다. 율령제(律令制) 하에서 이시다[石
田]·이키[壹岐] 2군(郡)을 관할하는 국(國)에 준하는 대우를 받았으며,
뒤에 이키국[壹岐國]으로 불렸다. 조선후기 통신사행 가운데 1811년을
제외한 사행 때마다 사신 일행이 주로 이키노시마 가자모토우라[風本浦,
勝本浦]의 류구지[龍宮寺]와 다옥(茶屋)에서 묵었다.

성완의 시에 차운하다
次成伯圭韻 1682

힘든 여정에 위태한 곳 건너기도 꺼리지 않으니
갈대배 한 척으로 상관과 하관을 통하네.
다리로는 추생의 담론에도 나오지 않는 땅을 걸어가고
눈으로는 진시황의 꿈 속 산을 보네.
외로운 섬은 하늘 가득 바다 빛깔에 감싸였고
오랑캐 땅은 가까운 포구의 인가 연기에 둘려있네.
이번에 가면 아마도 삼만 리는 될 터이니
신선 뗏목이 곧바로 올라 북두성과 견우성을 돌아가리라.

嚴程不憚涉危艱、　　一葦行穿上下關。
脚踏鄒生談外地、　　眼看秦帝夢中山。
漫空海色環孤島、　　近浦人烟帶百蠻。
此去應須三萬里、　　仙槎直拂斗牛還。

■
* 원제목에 보이는 백규(伯圭)는 성완(成琬, 1639~?)의 자인데, 1666년 진
사에 2등으로 합격하고 통신사의 제술관(製述官)으로 함께 온 문인이다.

우시마도

牛窓 1682

작은 섬에 마을을 이루어서
인가가 서로 잇달아 있네.
오랑캐 풍습은 금수(禽獸)와 같고
지리는 산천이 별다르구나.
용맹을 좋아하여 칼 자랑하는 이가 많고
행상은 절반이나 배 위에 있네.
나그네 심정이 누군가와 이야기하고 싶건만
저녁 강 앞에서 시름만 이는구나.

小島仍成聚。　　人家互接連。
夷風同鳥獸、　　地理別山川。
好勇多誇劍、　　行商半在船。
羈心欲誰語、　　愁絶暮河前。

■
* 우시마도는 현재의 오카야마현[岡山縣] 세토우치시[瀨戶內市] 우시마도
초[牛窓町]에 있는 포구이다. 에도시대에는 비젠국[備前國]에 속하였고,
예로부터 사이고쿠[西國, 규슈지방 등] 항로의 항구로 번영하였으며, 근
세에는 통신사 기항지로 지정되었다. 우시마도에 있는 혼렌지[本蓮寺]가
통신사의 숙소였으며, 1811년을 제외한 나머지 사행 때마다 통신사 일행
이 상륙해서 오카야마번의 응접을 받았다.

후지산

富士山 1682

이 산이 일본 땅의 표지가 되니
기이한 봉우리가 가파르게 높이 솟았네.
멀리서 보면 우뚝 솟아 홍몽(鴻濛)¹⁾의 빛이 있고
어두운 곳에는 신성(神聖)의 자취가 있네.
사철 흰 눈이 남아 있고
여덟 잎이 늘어선 부용 같구나.
때때로 오색 구름이 일어나
동해의 용을 따라서 가네.

玆山標日域、	崔兀聳奇峰。
逈擢鴻濛色、	冥棲神聖蹤。
四時留白雪、	八葉列芙蓉。
時有五雲起、	去從東海龍。

■

1) 《노자》(老子)에 "천지가 생기기 전에 기운만 엉키어 있는 상태이다.[混希夷超鴻濛]"라고 하였으니, 홍몽은 우주가 자리를 잡기 이전에 천지가 아직 나누어지지 않아 원기(元氣)가 한 덩어리로 뒤엉켜 있는 혼돈 상태를 뜻한다.

기쿠탄의 시에 차운하다
奉次菊潭示韻 1682

말도 나누지 않았는데 뜻이 먼저 통해
손뼉 치며 호쾌하게 읊으니 그 기개 크기도 해라.
한 번 보고 너나하며 친해지길 거리낄 게 있으랴
이 생에 동서로 나뉘어진 것이 안타까울 뿐이지.
화려한 자리에서 거문고 소리에 흥이 일고
먼 데서 온 나그네 근심은 좋은 술 따라 사라지네.
여러 공들께서 날마다 위로해 주셔서 고마우니
다른 나라건만 도리어 고향 같았다오.

不交言語意先通。　抵掌豪吟氣槪雄。
一見何妨相爾汝、　此生堪恨異西東。
華筵興入朱絃弄、　遠客愁從綠蟻空。
多謝諸公日來慰、　殊方還與故鄕同。

■

* 기노시타 기쿠탄[木下菊潭, 1667~1743]의 이름은 조히쓰[汝弼], 자(字)
는 도라스케[寅亮], 별호는 지쿠켄[竹軒]으로 에도막부의 대표적인 유학
자 기노시타 준안[木下順庵]의 차남이다. 가가[加賀] 가나자와번[金澤藩]
의 번유(藩儒)로, 1682년 교토에서 제술관 성완(成琬), 자제군관 홍세태
(洪世泰) 등 조선문사와 만나 필담을 나누고 시문을 주고받았다. 이 시는
홍세태의 문집인《유하집》에는 실리지 않고, 일본에서 간행된《임술신사
화한창화집(壬戌辛巳和韓唱和集)》에만 실려 있다. 기쿠탄은 1711년 통신
사가 일본을 방문하였을 때에도 조선 문인들과 시를 주고받았다.

저 먼 곳에 즐거운 땅 있다던데

隅川 1684

나그네 시름은 말할 수도 없어라.
나그네 떠도는 생활, 어찌 이리 고달픈지.
다들 나를 비웃네, 무엇 하느냐고
쟁이도 아니고 장사꾼도 아닌 신세.
산 넘고 바다 건너 저 먼 곳에는
즐거운 땅이 있다고 일찍이 들었었지.
〈석서〉 시[1] 외우며 탄식하나니
어찌 옛날만 그러했으랴?
영웅이 때를 못 만나면
풀덤불 신세도 달게 여겨야지.
이 몸 행색이 뿌리 뽑힌 쑥 같아서
바람에 날리는 대로 발붙일 곳 없어라.
저녁나절 수평촌에 잠드니
초가집만 두세 채.
새벽 별빛이 비출 무렵에

■
1)《시경》위풍(魏風)에 나오는 시. 임금과 관리들의 착취를 풍자하였다.

큰 쥐야, 큰 쥐야 / 우리 기장 먹지 마라.
세 해 너를 위했건만 / 나를 봐주지 않는구나.
널 두고 떠나가리라 / 저 즐거운 땅을 찾아서.
즐거운 땅 즐거운 땅 / 내 살 곳을 얻으리라.

나그네들 일어나 서로 이야기하네.
"이른 길 가려면 앞길을 조심하세
산이 깊어서 승냥이와 범들이 많다네."

客愁不可道、　客遊何太苦。
笑我胡爲乎、　非工亦非賈。
逃矣山海鄉、　夙聞有樂土。
歎彼碩鼠詩、　感慨寧獨古。
英雄時不遇、　亦或甘草莽。
身若孤蓬征、　飄颻靡定所。
暮投水坪村、　茅茨兩三戶。
晨星出照人、　行旅起相語。
早行愼前路、　山深多豺虎。

깊은 산골짜기

峽中 1684

1.

깊은 골짜기 땅 밟지 않고서야
길 가기 어려운 걸 누가 알랴.
그늘진 벼랑에는 석 자 눈이 쌓이고
호랑이 발자국이 쟁반만큼 크구나.

不踏峽中地、　　誰知行路難。
陰崖三尺雪、　　虎跡大如盤。

2.

산골짜기에 바닥은 보이지 않고
양쪽 벼랑에는 늙은 나무만 많아라.
나무 베러 오는 사람도 없고
들불만 빈 골짜기에 번져 들어오네.

山谷不見底、　　側崖多老木。
無人來剪伐、　　野火入空腹。

지조암
指爪庵 1684

마루턱에 스님이 아직 살고
깊은 산에는 꽃이 저절로 피네.
그윽한 길 아는 사람 없어
푸른 산 아지랑이만 몰래 들어오네.

絶頂僧猶在、　　深山花自開。
無人識幽逕、　　暗入翠微來。

* 지조암은 손톱같이 작은 암자이다.

지조암에서 지한 스님에게

指爪庵贈智閑釋 1684

높은 스님 산문을 나서지 않고,
몸이 산 나무와 함께 늙어가네.
나그네 와도 말 한 마디 없고,
뜨락 가득 봄풀이 나네.

高僧不出山、   身與山木老。
客來無一言、   滿地生春草。

아우를 서쪽으로 보내면서
送範弟西行 1684

너 가면 어디에서 자려느냐?
외로운 나그네 길엔 걱정거리도 많단다.
푸른 산에서 서쪽을 바라보노라니,
저녁 노을이 파주 땅에 가득하구나.

汝去投何處、   孤行多所憂。
靑山向西望、   落日滿坡州。

■
* 홍세태는 3형제 가운데 장남이고, 큰아우가 세범(世範), 작은아우가 세굉
  (世宏)이다.

새벽길 떠나노라니

水村感興 1684

1.

두메라서 사람들 일찍 일어나고
뭇 닭들도 동튼다고 우네.
나그네 칡신이 서글퍼,
한 해가 저물도록 서리 이슬을 밟네.
들판에는 아무도 없고
밝은 별빛만이 내 걸음을 비추네.
골짜기를 돌아들자 산이 더욱 험하고
물이 깊어서 건널 수가 없구나.
동트기가 어찌 이리 더딘지
남북 갈림길에 섰네.

山家人起早、　　衆雞號天曙。
客子悲葛屨、　　歲晏踐霜露。
中野虛無人、　　明星照我去。
溪回山且險、　　水深不可渡。
東方何其遲、　　南北有歧路。

대장부가 큰 뜻을 지녔으니

遣興 1685

2.

박넝쿨이 들밭에서 자랐네.
박잎이 어찌 저리도 무성한가.
황곡이 하늘을 마음껏 날아
천리길도 단번에 날아가네.[1]
대장부가 큰 뜻을 지녔으니
작은 선비들이 어찌 해볼 수 있으랴.
큰 걸음으로 문을 나서서
네 마리 말이 끄는 수레를 달리네.
난초 우거진 선경을 달리면
하늘나라도 닿을 수 있네.
발을 들어 아침 햇살을 밟고

---

1) 한나라 이릉(李陵)이 흉노(匈奴)에게 패전하여 투항하였다. 소무가 한
   나라로 돌아갈 적에 이릉이 하량에 나와 전별의 시를 짓기를, "서로가
   손잡고 다리에서 노닐더니 떠도는 나그네 저녁에 어디 가나?〔携手上河
   梁 遊子暮何之〕"라고 하니, 소무가 화답하기를, "황곡이 저 멀리 이별한
   뒤에 천 리에서 돌아보며 배회를 하겠지.〔黃鵠一遠別 千里顧徘徊〕"라고
   하였다. 황곡은 한번에 천리를 날아가는 새로, 뛰어난 인물을 뜻한다.

왼손으로는 약목² 가지를 어루만지네.
햇빛³이여! 너무 다가오지 말고
아름다운 나의 옷이나 밝게 비쳐 주소.

瓠生野田中、　瓠葉何離離。
黃鵠厲羽翼、　千里一高飛。
丈夫有遠志、　小儒安可爲。
高步出閶闔、　駕我四牡馳。
蘭皐騁脩軫、　天路遠如期。
舉足蹈瑤光、　左攀弱木枝。
羲和勿遽迫、　照我芙蓉衣。

---

2) 약목(若木)은 전설상의 신목(神木)으로, 해가 지는 서쪽에 있다고 한다.
《산해경(山海經)》권12 〈대황북경(大荒北經)〉에, "대황 가운데 형석산, 구
음산, 형야지산이 있다. 그 산 위에 붉은 나무가 있는데 잎은 푸르고 꽃은
붉으니, 약목이라 부른다.[大荒之中, 有衡石山ʹ九陰山ʹ泂野之山, 上有赤樹,
靑葉赤華, 名曰若木.]"라고 하였다.
3) 원문의 희화(羲和)는 천제(天帝) 제준(帝俊)의 아내로, 동해 밖 희화국(羲
和國)에서 새벽마다 여섯 마리의 용이 끄는 수레에 태양을 싣고 용을 몰
아 허공을 달려 서쪽의 우연(虞淵)에까지 이르러 멈춘다고 한다. 곧 해수
레를 모는 전설상의 여신이다.

강화도에서 옛날을 더듬으며
詠懷古跡 1686

1.

단군의 옛 자취 구름 속에 아득하고,
마니산 참성단 겪은 세월 멀어라.
사고(史庫)[1]에는 신이 있어 비밀스럽게 간직해 주건만,
고려 왕릉에는 그 옛날을 기록한 나무 하나 없구나.
난리 끝이라 백성이나 문물이 모두 시든데다
서리 뒤라서 산이며 강들이 더욱 쓸쓸해라.
천고의 영웅은 아직 한이 다하지 않아,
갑진[2]의 비바람은 밤들며 밀물에 우네.

檀君遺跡杳雲霄。　　摩岳城壇歲月遙。
史閣有神留秘藏、　　麗陵無樹記前朝。
亂餘民物多凋弊、　　霜後山河更寂寥。
千古英雄不盡恨、　　甲津風雨夜鳴潮。

■
1) 조선시대에 《왕조실록》을 네 벌 인쇄하여 춘추관·충주·성주·전주 사고
   에 보관하였는데, 임진왜란 때에 전주 사고본만이 남고 다 없어지자 다시
   네 벌을 찍어서 각 사고에 간직하였다. 전주 사고본을 강화도 마니산 사
   고로 옮겼다가 이괄의 난(1624) 뒤에 정족산 사고로 옮겼는데, 홍세태가
   본 사고는 정족산 사고였을 것이다. 이 사고본은 지금 서울대학교 규장각
   에 보관되어 있다.
2) 갑곶진(甲串津)의 준말로, 강화부(江華府) 동쪽 10리 지점에 있는 나루
   이다.

아봉이를 그리워하며

憶阿鳳 1666

자식 사랑하는 부모 마음이야
아들 딸을 가리지 않는단다.
지난번 집에서 온 편지를 보니
네가 이젠 말도 한다고 썼더구나.

愛子父母情、　　不必論男女。
昨見家中書、　　道汝已能語。

■
* 홍세태는 젊은 시절에 8남 1녀를 낳았지만 모두 요절하고, 늘그막에 두
  딸을 낳았는데 장녀는 이후로(李後老)에게, 차녀는 조창회(趙昌會)에게
  시집갔다. 이 딸들도 홍세태보다 일찍 세상을 떠났는데, 아봉이 어느 딸
  의 이름인지는 밝혀져 있지 않다.

술자리에 촛불이 없다기에
室人勸酒謂月落無燭何余指天河曰以此照之
仍成一絶 1688

술자리에 어찌 촛불이 있어야만 하랴.
은하수가 내 술잔을 비추네.
넓은 하늘 향해 술 취해 노래 부르면
아마도 주성이 찾아오겠지

對酒何須燭、　　天河照我盃。
酣歌向寥廓、　　倘取酒星來。

하늘이 주시는 대로

西遊爲謀生計盖不獲已也行期旣卜因事屢止
而且墜馬若有魔戲然乃決意淸平之行 1688

서쪽 길을 떠나려다가 동쪽 길로 가게 되었네.
잘되고 못되는 건 하늘에 달렸으니 어쩔 수 없네.
한번 웃어넘기고 청평산 찾아 길 떠나니,
흰 구름 가을날이야 어느 누가 나와 다투랴.

西行未就且東遊、　　　得失由天不自謀。
一笑淸平山下路、　　　何人爭我白雲秋。

■

* 원제목이 무척 길다. 〈생계를 마련하려고 서쪽 지방엘 둘러볼까 하였지만
  그럴 수가 없었다. 길 떠날 날까지 받아 놓았지만 일이 생겨서 여러 차례
  멈추어지다가 또한 말에서 떨어지기까지 하였으니, 마치 귀신의 장난이
  라도 있는 것 같았다. 그래서 청평산이나 가기로 마음먹었다.〉

서쪽으로 돌아가다

西歸 1688

내일은 서쪽 고향으로 돌아가는데
사행(使行) 마치고 돌아오는 소진(蘇秦) 같지는 않네.
허리에 비록 여섯 나라 재상의 인(印)[1]은 없지만
시권(詩卷) 속에는 강산이 통째로 들어 있네.

西歸明日入鄕關。　　　不似蘇秦歷聘還。
腰下雖無六國印、　　　卷中猶得一江山。

---

1) 소진이 진나라에 가서 벼슬하려고 진왕(秦王)에게 열 번이나 글을 올려
그를 설득했지만 실패하고 벼슬을 얻지 못하였다. 검은 담비 갖옷이 다
해지고 여비로 가져간 황금 100근도 다 떨어져 마침내 고향으로 돌아가
자, 그의 형수·제수·처첩 등 가족들이 모두 그를 냉대했다. 그가 뒤에 연
(燕)·조(趙)·한(韓)·위(魏)·제(齊)·초(楚) 등 여섯 나라의 왕들을 합종설
(合從說)로 유세하여 종약(從約)을 체결하고 나서 6국의 상인(相印)을 한
몸에 차고 왕만큼 호화로운 행차로 고향인 낙양(洛陽)을 지나자, 그의 가
족들이 그를 감히 쳐다보지도 못하고 행차 앞에 엎드렸다.《사기(史記)》
권69 〈소진열전(蘇秦列傳)〉

돌아가리라고 늘 생각하지만

沙洞草舍寄宿感懷 1689

갈 곳도 올 곳도 없어
인생은 본래 떠다니는 신세라네.
고향 땅으로 돌아가리라고 늘 생각하지만
돌아온 뒤엔 시름 더욱 많아라.

去就俱無地、　　人生本自浮。
每思還故土、　　歸後更多愁。

폐허가 된 경복궁을 지나면서
過景福宮有感 1689

거룩한 임금께서 만세의 터를 열으셨건만
오늘의 법궁은 그 옛날과 달라라.
다락과 전각 낡은데다 주춧돌엔 이끼가 끼고
오리 울음 스러진 연못엔 풀만 가득해라.
구름이 협성을 둘러 서기가 서렸건만
꽃 핀 폐원에는 어찌 가지만 무성한가.
태평시절 한 번 잃으면 끝내 얻기 어려우니
인간 일이 이렇듯 쓸쓸해서 늙은이들 서글퍼하네.

聖祖曾開萬世基。　　法宮今日異當時。
樓臺地古苔生礎、　　鳬鷖聲殘草滿池。
雲繞夾城猶瑞氣、　　花開廢苑豈繁枝。
昇平一失終難得、　　人事蕭條父老悲。

* 경복궁은 태조가 1394년에 세웠는데, 1592년에 왜군이 쳐들어오자 백
  성들이 먼저 불태웠다. 대원군이 집권하자 당백전을 발행하는 등 모든 힘
  을 기울여 1872년에 중건하였다. 홍세태는 물론 폐허 상태의 경복궁을
  둘러본 것이다.

졸수재 선생의 죽음을 슬퍼하며
拙修齋挽 1690

1.
학문이 넓어 참다운 유학자였고
재주가 높아 옛 사람에 가까웠지.
평생 한 병이 있어
이 백성에게 은택을 못 입혔네.
커다란 뜻은 끝내 가리워졌지만
남기신 글은 도(道)와 더불어 새로워라.
천추에 길이 이 땅을 비추시며
그 기백 화하여 별님이 되소서.

學博眞儒者、　　才高近古人。
平生坐一病、　　不見澤斯民。
大志身終翳、　　遺文道與新。
千秋照下土、　　有氣化星辰。

■

* 졸수재 조성기(趙聖期, 1638~1689)는 집안이 모두 벼슬길에 오른 명문
에 태어났지만, 당쟁과 속학의 폐단을 깊이 깨닫고, 벼슬길에 오르지 않
은 채 학문에만 힘썼다. 평생 병이 있었으므로 노력 위주의 학문보다는
사색과 탐구를 위주로 하였다. 시와 성리학을 담은 《졸수재집》 말고, 필사
본 한문소설 《창선감의록》이 따로 전한다.

마음껏 읊어보다

放吟 1692

천하 일이 뜻대로 되지 않으니,
세상사람 가운데 누가 나를 알아주랴.[1]
뜬 구름 흐르는 물은 아침저녁 바뀌건만,
밝은 달 맑은 바람은 예나 이제나 같아라.

天下事不如意、　　世間誰是知音。
浮雲流水朝暮、　　明月淸風古今。

---

1) 춘추시대에 백아(伯牙)가 거문고를 잘 탔는데, 높으 산에 뜻이 있으면 (그
의 친구) 종자기(鍾子期)가 듣고서, "태산과 같이 높구나."라고 말하였다.
또 흐르는 물에 뜻이 있으면 종자기가 듣고서, "강물처럼 넓구나."라고 말
하였다. 백아가 생각한 것을 종자기가 반드시 알아맞혔다. 종자기가 죽자,
백아가 "지음(知音)이 없다."면서 거문고의 줄을 끊어버렸다. -《열자(列
子)》〈탕문편(湯問篇)〉

동쪽 시냇가에서

東溪 1692

시냇가의 풍경이 날 슬프게 하니
어제는 모였다가 오늘은 헤어졌네.
이제까진 기쁨과 걱정 함께 했건만
모이고 흩어지는 덴 때가 없음도 또한 알겠어라.
날 저물자 소와 양들은 내려오는데
길 떠난 벗네들은 어디서 걸음 멈출까?
솔가지 끝에 밝은 달 다시 돌아 오르니
천리 강산이 모두 맑은 밤일세.

東溪物色使我悲。　昨日會合今別離。
從來憂喜本同域、　亦知聚散無定時。
日之夕矣羊牛下、　行人何處初息駕。
松梢明月還復來、　千里江山共淸夜。

죽은 아들 금아를 섣달에 생각하며

歲晩憶金兒 1692

지난해 오늘엔 네가 내 품에 있더니
올해엔 볼 수 없어 내 마음을 방망이질하네.
남쪽 성곽엔 눈이 내려 추위에 눈물도 말랐는데
긴긴 밤 네 혼은 북망산천 풀이 되었겠구나.
인생 백년이래야 많은 것도 아닌데
아비라고 아들을 4년도 못 보살피다니,
이 슬픔 빨리 잊기는 어려워
초가집 차가운 불빛이 나를 더욱 늙게 하네.

去年今日爾在抱。　　今年不見我心搗。
寒天淚盡南郭雪、　　長夜魂歸北邱草。
人生百歲不爲多、　　父子四年曾莫保。
悲來欲置難遽忘、　　白屋靑燈使人老。

연못가에서

池上漫興 1693

한가롭게 연못가에서 팔 베고 잠 드노라니,
맑은 물결에 그림자 져 물 밑에 하늘이 있네.
한낮 겨운 버드나무 바람이 얼굴을 간질이며 불어오고,
푸른 산도 내 앞으로 더 가까이 다가섰네.

閑來池上枕肱眠。　　影落澄波水底天。
日午柳風吹拂面、　　青山還復在吾前。

천마산성 남문에서

將向朴淵少憩天磨山城南門 1693

산이 높아 오를 수 없어
성머리에 앉아 말을 쉬게 하네.
외로운 칼에 오뚝이 기대어
서너 고을을 아득히 바라다보네.
쓸쓸한 절간에선 저녁 종이 울고
옛 도읍에 가을 들어 나뭇잎은 지는데,
만고의 시름을 한 번 길게 읊조리노니
영웅들 그 몇이나 여기 와 놀았던가.

山高不可上、　　歇馬坐城頭。
突兀憑孤劍、　　蒼茫見數州。
鍾鳴蕭寺夕、　　木落故都秋。
萬古一長嘯、　　英雄幾此遊。

■
* 원제목이 좀 길다. 〈박연(朴淵)을 향해 가다가 천마산성 남문에서 잠시 쉬
　다.〉

울타리도 벽도 없이

書懷 1695

집을 옮길 때마다 산 가까이 살고 싶어라.
이 몸이 세상과 서로 관계하고 싶지 않아라.
초가집을 지으면서 울타리도 벽도 없이 하고
천만 산봉우리 모두 가져다 내 누운 곁에 들여놓고 싶어라.

每欲移家住近山。　　此身於世不相關。
須營草閣無墻壁、　　盡取千峰入臥間。

나뭇잎 지는 소리 듣다 보니
寓居 1695

초가집 처마가 어찌 그리 짧은지
휘장을 걷어 올리자 누운 채로 하늘이 뵈네.
가을이 깊어 이슬 처음 맺히고
밤이 오래자 달만 외롭게 걸렸네.
늙은 어머님 모시는 걱정에 병 더욱 많은데
집 옮기느라고 돈까지 모자라 괴롭구나.
잠 못 이루며 나뭇잎 지는 소리 듣다 보니
빨리 흐르는 세월 새삼 느껴워라.

草屋簷何短、　　褰帷臥見天。
秋深露始結、　　夜久月孤懸。
奉老憂多病、　　移居苦少錢。
不眠聞落木、　　兼此感流年。

또 아이가 죽었다는 소식을 듣고

有感 1695

세상 살면서 그 누구라고 백세를 누리랴.
일생 동안 노래와 통곡이 괴롭게 거듭되네.
오늘 아침 아이가 죽었다는 소식을 또 듣고 보니,
두타산 위의 스님이 다시금 생각나라.

處世何人百歲能。　　一生歌哭苦相仍。
今朝又報阿兒死、　　却憶頭陀峰上僧。

■
* 내가 10년 전에 관동 두타산에 놀러간 적이 있었다. 산이 막히고 길까지
다해서 가파른 절벽을 타고 올라갔더니, 꼭대기 평평한 곳에 작은 암자
가 있었다. 거기에 두 스님이 살고 있었는데, 나이가 모두 일흔 남짓 되었
다. 두터운 눈썹에 하얀 장삼을 걸쳤는데, 30년 동안이나 산에서 내려가
지 않았다고 한다. 이때 봄이 저문 데다 산도 매우 깊고 가팔라서, 꽃도 뵈
지 않고 새소리 또한 들리지 않았다. 오직 호랑나비 한 쌍만이 즐겁게 날
면서 뜰 앞 나물 위를 맴돌고 있었다. 또한 대나무를 쪼개어 멀리로부터
샘물을 끌어왔는데, 지붕 위로부터 물통에 떨어지는 소리가 퐁퐁 들렸다.
내가 스님에게 "늙은 스님께서도 또한 염려가 있으십니까?" 물었더니,
"이곳에 산 지 오래 되어 사람들을 만나지 않으니, 이 몸에 아무런 걸림이
없는데 어찌 염려가 있겠소?" 하고 대답하였다. 나는 이 말을 들으면서
저절로 상쾌해졌다. 40년 동안 인간 세상에 살면서 고해(苦海)에 깊이 가
라앉아, 빠져나오려고 해도 나올 수가 없었다. 비록 이 스님들처럼 되고
싶었지만, 어찌 그렇게 될 수가 있으랴. 늘 슬프고 괴로운 삶과 죽음의 갈
림길에 부닥칠 때마다 문득 다시금 그때 일이 생각났다. 올해에 한 아들
을 잃고 또 두 조카를 잃은 나머지 너무나 슬프고 가슴 아팠기에, 절구 한
수를 읊고 그때 일을 아울러 적어 둔다. (원주)

매화를 노래하여 이 처사에게 드리다

爲李處士詠盆梅 1695

1.

창밖 일천 봉우리에 눈이 쌓이자
상머리 매화꽃도 차갑게 피었네.
그대의 선풍도골 너무 맑아서
매화의 풍격을 배울 것도 없겠네.

窓外千峰積雪、　　　　床頭一樹寒葩。
看君道骨淸甚、　　　　莫是身學梅花。

3.

비록 인간 세상에 살아도 속되지는 않아서
산속에 묻힌 것처럼 살아왔었지.
한평생 구차하고 괴로워도 한탄하지 않았으니
깨끗하고 맑은 그 품성을 스스로 아네.

縱在人間非俗、　　　　却從林下爲生。
不恨終身寒苦、　　　　自知稟性孤淸。

4.

꽃 가운데도 또한 높은 선비가 있으니
천하에 어찌 참된 신선이 없으랴.
푸른 산 흐르는 물을 경계로 삼고
작은 창 아래 검은 쪽상을 인연 삼아 사네.

花中亦有高士、　　　　　天下豈無眞仙。
流水靑山境界、　　　　　小窓烏几因緣。

의주 사람들

龍灣歌 1696

1.

의주 땅이 옛 요동과 맞닿아,
국경의 풍속이 서로 전해져 의협의 기풍이 있네.
기생들도 모두 준마를 탈 줄 알고,
어린애는 낳자마자 아로새긴 활을 잡아당기네.

龍灣地接古遼東。　　塞俗相傳有俠風。
妓女皆能騎駿馬、　　小兒生卽引彫弓。

2.

변방에서 낳고 자라 의기도 많아라.
몸에는 오랑캐 옷을 걸치고 뾰죽신을 신었네.
사람을 만나면 중국말을 반쯤은 섞어 말하며,
말에 올라타면 먼저 〈출새가〉[1]를 부르네.

生長邊陲意氣多。　　身披胡服脚尖靴。
逢人半作中華語、　　上馬先爲出塞歌。

■
1) 원래는《악부(樂府)》의 곡조 이름. 군대가 국경 밖으로 출격할 때에 불
   렀는데, 그 뒤로 많은 시인들이 이 제목으로 변방의 생활모습을 노래
   하였다.

통군정

統軍亭 1696

만고에 가슴 아픈[1] 높다란 이 누각
쓸쓸한 국경 모래톱에서 늦은 가을을 바라보네.
산천은 울적하여 언제나 성난 모습이고
깎아지른 성가퀴도 수심에 잠겨 있네.
삭풍이 불어와 깃발은 휘날리는데
피리 불자 외로운 달마저 서쪽으로 기우네.
날이 밝으면 우리 다시 헤어질 테니
강 복판에 이르면 배를 놓아 주게나.

萬古傷心百尺樓。　　蕭條沙塞眺高秋。
山河氣欝常如怒、　　堞壘形危盡欲愁。
旗捲朔風來大漠、　　角吹孤月下凉州。
明朝更有分離恨、　　直到中江始放舟。

■
1) 통군정은 의주에 있는 다락이다. 임진왜란 때에 선조 임금을 비롯한 조정
   의 대신들이 의주에 피난 와서, 압록강을 차마 넘어가지 못하고 이곳에
   머물렀다.

서옹의 농장에 들러
寄西翁白川庄 1696

흉년이라지만 농장으로 돌아오면 한가로워라.
서울은 일이 많아 돌아갈 곳이 못되네.
서리 전에 벼를 거두러 가을 들판으로 나가고
눈 속에 스님 찾으러 밤중에 산을 오르네.
세상 살며 먹고 입을 게 이만하면 넉넉하거니
늘그막에 아이들도 또한 얼굴 펴지네.
천지간에 가엾기는 집 없는 사람,
흰 머리로 뒷골목을 헤매고 다니네.

凶歲歸田也自閑。　　洛中多事不須還。
霜前穫稻秋行野、　　雪裏尋僧夜到山。
生世食衣裁取足、　　暮年兒女亦怡顔。
獨憐天地無家者、　　白首湛浮市巷間。

■
* 서옹은 낙사의 중심인물인 임준원(林俊元)의 호 서헌(西軒)을 가리키고,
자는 자소(子昭)이다. 홍세태의 제자인 정내교(鄭來僑)가 지은 〈임준원
전〉에 그가 홍세태를 도와준 이야기가 실려 있다. "준원은 홍공에게 여
러 차례 재물을 마련해주어, 양식이 떨어지는 경우가 생기지 않도록 해
주었다."

괴롭고 추워서
苦寒行 1696

1.

장안에 눈 온 뒤 북풍이 거세지니
대한 추위를 천하가 같이 알리라.
오성[1] 궁궐에도 따스한 기운이 없으니
초가집 쇠덕석[2] 덮은 가난뱅이야 말해 무엇하랴.
해마다 흉년 들어 백성들 반은 죽었으니
아아, 이 겨울 더욱 춥고 떨려라.
산에 가 나무를 하려 해도 눈이 험하게 덮였고
물에 가 고기를 잡으려 해도 얼음이 겹겹이 얼었네.
다만 바라기는 이 추위가 사람을 다치지 말고
저 호랑이 표범이나 죽여서 나다니지 말게 하고저.

長安雪後多北風。　　大寒應知天下同。
五城宮闕無暖氣、　　何况牛衣白屋中。
比歲不登民半死、　　嗚呼栗烈復此冬。

---

1) 《사기(史記)》권28 〈봉선서(封禪書)〉에 황제가 오성 십이루(五城十二樓)
　 를 짓고 신인(神人)이 오기를 기다렸다는 기록이 있다. 이백(李白)의 〈경
　 란후천은유야랑억구유서회(經亂後天恩流夜郞憶舊遊書懷)〉시에도 "하늘
　 위 백옥경에는 열두 누대에 다섯 성이 있네.[天上白玉京, 十二樓五城.]"라
　 는 구절이 보인다.
2) 소 등에 덮는 멍석. 한나라 왕장(王章)이 입신 출세하기 전에, 추위를 견디
　 기 위해 쇠덕석을 덮고 잤다.

山欲樵兮雪崢嶸、　　水欲漁兮層氷横。
我願司寒莫傷人、　　殺彼虎豹無得行。

3.

동쪽 이웃 선비는 헛되이 머리가 세었지만,
문 닫고 책 읽으며 언행을 스스로 지키네.
마음속엔 만고의 일이 답답하게 쌓여 있어,
밤마다 일어나 어정거리며 북두성을 바라보네.
섣달 추위에 땅은 얼어 갈라지고
사나운 바람 매섭게 불어 눈발을 흩날리는데,
부잣집 문 안에선 술과 고기가 흙처럼 썩어 버려지고
담비 갖옷으로 숯불 화롯가에 뜨겁게 앉았어라.
길 곁에 굶어죽은 시체 있는 줄 저들이 어찌 알랴.
내 힘이 없어 저들 살리지 못하는 게 안타깝구나.

東隣布衣空白首、　　閉戶讀書甘自守。
心中欝崔萬古事、　　夜起彷徨看北斗。
歲暮天寒地凍裂、　　嚴風烈烈吹飛雪。
朱門酒肉爛如土、　　貂裘豹炭坐生熱。
焉知路傍有餓莩、　　惜我無力能汝活。

어제 헤어진 곳에

昨日 1697

어제 님과 헤어진 곳에
오늘 와서 발자국을 보았네.
말 울음소리 들릴 듯하건만
어느새 천리 멀어졌네.
강남에는 봄풀이 돋았을 텐데
아아, 멀리 떠돌아다니시겠지.

昨日別離處、　　今朝見行跡。
馬嘶如可聞、　　千里起咫尺。
江南有春草、　　嗟爾遠遊客。

동전 실은 소수레

鐵車牛行 1697

커다란 수레 불룩하게 두 마리 소가 끌고 가는데
앞소도 뒷소도 모두 고개를 떨구었네.
소는 지친데다 수레는 무거워 잘 가지 못하네.
열 걸음 가서 쉬고 다섯 걸음에 또 쉬네.
수레 속에는 무엇을 실었던가.
관가에서 만든 돈이니 모두가 구리쇠일세.
이 구리쇠는 남쪽 오랑캐 땅에서 나는 것이라
동래 큰 장사꾼이 끼어들었다네.
넓은 바다에 많은 배들이 고슴도치 털처럼
부산에서 돛 달고 용산으로 왔다네.
장안의 유월은 불처럼 타오르는데
구리 쇠 실은 수레는 북한산 아래까지 이어지네.
장군의 막부는 골짜기를 누를 듯 높은데
수많은 사내들이 도가니에다 풀무질을 해대네.
도가니에서 날마다 천만 근씩 녹여내어
쇠돈은 다시금 동래 장사꾼에게 넘겨지네.
동래 장사꾼은 날로 부유해지고 돈값은 날로 천해지니
관청에서 어찌 백성의 어려움을 구제하랴.

가난한 백성들도 몰래 돈을 만든다니
사사로이 돈을 만들어 나랏법을 범한다네.
관가에선 소 기르며 먹이를 준다지만
수레 몰이꾼은 해마다 굶주려 소먹이를 나눠 먹네.
몰이꾼이여! 빨리 달리라고 채찍질하지 말게.
소 넘어지면 수레 축이 부러진다네.
수레 축이야 부러져도 괜찮지만
소까지 죽으면 어떻게 하랴.
활은 쇠뿔로, 갑옷은 쇠가죽으로 만드는데
관가의 돈 만들기는 언제나 끝나랴.

大車彭彭服兩牛。　　前牛後牛皆垂頭。
牛罷車重行不得、　　十步之內五步休。
借問車中載何物。　　官家鑄錢須銅鐵。
此鐵由來出南蠻。　　萊州大商緣其間。
滄溟萬舸簇蝟毛、　　釜山掛帆來龍山。
長安六月烘如火、　　鐵車相連北山下。
將軍幕府壓山谷、　　萬夫橐籥張爐冶。

爐中一日得千萬、鐵貨更與萊商販。
萊商日富錢日賤、九府何曾救人困。
還聞細民竊爲幣、往往私鑄干邦憲。
官家養牛亦有食、車丁歲饑分牛飯。
我謂車丁鞭莫疾、牛蹄蹶兮車軸折。
車軸折尙可、牛斃不可說。
弓牛之角甲牛皮、官家鑄錢何時畢。

어린 대나무지만

嫩竹 1697

몇 자 안되는 어린 대나무지만
구름도 넘어설 뜻을 이미 지녔네.
몸을 날려 용이 되리라.
평지에 눕지는 않으리라.

嫩竹纔數尺、　　已含凌雲意。
騰身欲化龍、　　不肯臥平地。

유찬홍의 죽음을 슬퍼하며

春翁庾纘洪挽 1697

예전부터 그대가 내 시를 좋아하여
뜻이 맞는다고 나이도 가리잖고 어울렸지.
시를 지으면 문득 서로 보여주었으니
편마다 하나같이 어찌 그리 묘하던지,
슬픈 노래와 술로 벗들과 어울리면
비분강개하여 연나라 시장바닥 가락¹⁾이었지.
지난해엔 벗들을 데리고
시냇가로 날 찾아와 웃기도 했지.
그때는 꽃이 집안에 가득 피고
산속의 달이 술잔을 비추었건만,
그대는 이제 올 수 없어
남은 생애를 혼자 슬퍼할 뿐이라네.
높은 다락에 밝은 달이 찾아왔건만

■
* 춘곡(春谷) 유찬홍(1628~1697)은 자기의 재주만을 믿고 글공부를 안
  하다가 뒤늦게야 시를 배워, 홍세태와 낙사(洛社) 동인으로 어울렸다. 아
  홉 살 때에 병자호란을 만나 강화도로 피난 갔다가 오랑캐 땅까지 포로로
  끌려갔으며, 돌아와서는 바둑으로 이름을 날렸다. 진관산에 묻혔다. 홍세
  태가 그의 전기 〈유술부전(庾述夫傳)〉을 지었는데,《유하집(柳下集)》권9
  에 실려 있다.
1) 춘추전국시대 연나라와 조나라에는 세상 돌아가는 꼴을 걱정하여 비장한
   노래를 지어 부르며 탄식하는 사람들이 많았다.

그 누구와 함께 올라가 달구경을 할거나.
그대 없는 우주는 더욱 넓어서
가을바람만이 외로운 시인을 파고드네.

昔子嗜我詩、	意傾無老少。
有作輒相示、	發篇一何妙。
悲歌酒人間、	慷慨燕市調。
去年携數子、	顧我溪上笑。
當時花滿樓、	山月酒中照。
故人今不來、	餘生只自吊。
高樓有明月、	誰與更登眺。
宇宙莽寥廓、	秋風入孤嘯。

임준원의 무덤 앞에서

和禮卿西翁墓下作 1698

거친 언덕에 풀이 벌써 자랐네.
이곳이 바로 자소¹⁾의 무덤이라네.
말 세우고 내렸지만 누가 손님을 맞으랴.
술잔을 잡고서 혼자 그대에게 권하네.
그대 한평생이 작은 비석 하나로 남았을 뿐,
세상 모든 일이 한낱 뜬구름일세.
나무 위에서 소쩍새 울자
마음 아파 차마 못 듣겠네.

荒原草已宿、　　是謂子昭墳。
駐馬誰迎客、　　持杯獨勸君。
平生餘短碣、　　萬事一浮雲。
杜宇啼山木、　　傷心不忍聞。

■
1) 낙사의 중심인물인 임준원의 자. 이 시는 김부현이 먼저 지은 시에다 홍세
태가 화답한 것이다.

들사람은 사슴 같아

栗園 1698

들사람은 고라니 사슴 같아
큰 숲속에 누워서 쉬네.
숲에 들어가면 꾀꼴새 소리를 듣고
숲을 나오면 푸른 산을 보네.

野人似麋鹿、　　偃息長林間。
入林聽黃鳥、　　出林見靑山。

가난한 선비

詠貧士 1698

어두침침 대나무에 서리가 내리네.
한 해가 다할 때라 열매도 없네.
위에는 외로운 봉황 새끼 있어
아름다운 문장으로 옷을 입었네.
어쩌다 티끌세상을 밟게 되었던가,
그대는 덕이 빛난다 하건만.
북풍이 날개에 불어와도
울부짖으며 굶주림을 견디네.
올빼미 솔개 따위가 썩은 쥐라도 얻으면
올려다보면서 놀려대네.[1]
먹을 게 적으면 마음이 깨끗하고

■

1) 전국시대 혜자(惠子)가 양나라의 재상으로 있을 때, 어떤 사람이 혜자에게 "장자가 와서 당신 대신 재상이 되려고 한다.(莊子來 欲代子相)"라고 하였다. 혜자가 몹시 두려워하여 온 나라에 명령하여 3일 동안 장자를 찾아내게 했는데, 장자가 마침내 스스로 혜자를 찾아가서 말하였다. "남방에 원추라는 새가 있는데, 자네는 아는가? 원추는 남쪽 바다를 출발하여 북쪽 바다로 날아가는데, 오동나무가 아니면 쉬지 않고, 대나무 열매가 아니면 먹지 않으며, 단물이 나는 샘이 아니면 마시지도 않았다네. 그러나 올빼미는 썩은 쥐를 얻어 가지고 있으면서, 그 위를 날아가는 원추를 쳐다보며 행여나 원추에게 제 썩은 쥐를 빼앗길까 봐 '꿱' 하고 으르댔다네. 지금 자네도 양나라 재상 자리 때문에 나를 으르대는 것이 아니겠는가." 《장자(莊子)》〈추수(秋水)〉에 실린 이야기이다.

먹을 게 많으면 몸만 살찌는 법,
지닌 뜻이 이미 다른데
천명 알기를 어찌 바라랴.
가거라, 하늘 머나먼 길로
일어나 천길 높이 날거라.

荒荒霜下竹、　　歲暮練實稀。
上有孤鳳雛、　　文章被其衣。
如何步塵區、　　謂言君德輝。
北風吹羽翼、　　啾啾忍朝饑。
鴟鳶得腐鼠、　　仰視嚇且譏。
食少心則潔、　　食多身則肥。
秉志旣不同、　　知命復何希。
去矣天路永、　　千仞起高飛。

달 아래 국화를 바라보며

月下對菊吟 1700

나와 국화는 누가 더 춥게 살까.
하찮은 벼슬이나 했다고 나를 비웃겠지.
꽃과 내 마음이 서로 비추는데
쓸쓸한 사립문을 달 아래 바라보네.

我與黃花誰最寒。　　花應笑我作微官。

芳心一點聊相照、　　寂歷山扉月下看。

김명국의 물고기 그림을 보고
和金子畫魚歌 1700

그대 집 벽 위에 풍파가 이네.
넓은 바다에서 용문1)이 몇만 리던가.
그 가운데 붉은 잉어 비늘을 펼치고
그 몸을 변화하여 용이 되려 하네.
높은 하늘 삼천 길을 한 번에 뛰어올라
달을 삼켜서 뱃속에 넣으려 하네.
하늘은 높고 바다는 넓어 아직 힘에 부치는 듯
구름과 천둥을 기다려야 날개가 돋히겠네.
피라미 자라 따위는 모두 놀라 달아나고
물풀이 휩쓸리자 물고기 굴도 어두워라.
권력가가 이 그림 쟁여 놓고 뛰어난 보물이라 칭찬하니
김 노인 솜씨 아니고는 그릴 수가 없어라.

---

* 이 그림은 김명국(金命國)이 그린 것인데, 권력가의 집에 소장되어 있었다. (원주)
　김명국은 인조 때의 화가인데, 성품이 호방하며 해학을 즐겼다. 말술을 사양치 않았으며, 몹시 취한 뒤에야 그림을 그렸다. 선배들의 화법을 따르지 않고, 독창적으로 사람과 수석을 잘 그렸다.
1) 우임금이 황하의 물을 끌어들이고, 험한 산을 개척하여 서로 통하게 한 곳. 골짜기로 쏟아져 내리는 물소리가 천둥 같다. 바다의 물고기들이 용문까지 거슬러 올라오는데, 이 골짜기를 올라오면 용이 된다고 한다.

내 보기에 그대2) 시가 그림을 그대로 그려냈네.
이 그림과 더불어 솜씨를 겨룰 만해라.
저 잉어 잡아 타고 물결 거슬러가서
용문까지 곧바로 오르고 싶어라.

君家壁上風濤起。　　　滄海龍門幾萬里。
中有赤鯉鱗甲張、　　　變化其身學龍子。
沖霄一躍三千丈、　　　意欲呑月入腹裏。
天高海闊未易力、　　　且待雲雷生羽翼。
纖儵小鱔盡駭竄、　　　水草靡靡魚穴黑。
權家蓄此稱絶寶、　　　筆非金老畫不得。
我知君詩模寫工、　　　足與此畫相爭雄。
便欲乘鯉撥波去、　　　有路直上龍門通。

■
2) 김명국의 그림을 보고 홍세태의 친구가 시를 지었는데, 홍세태가 그 시에
　　다시 화운하여 이 시를 지었다.

질화로
施普書齋同詠土爐 1700

흙을 빚고 두드려 구워낸 질화로
비록 조그맣지만 꼭 필요해라.
속이 넓게 비어서 슬기로운 사람 같은데다
겉은 투박해서 순박한 사람 같아라.
놓으면 어디서나 편안하게 질러 앉고
들어도 단단하여 우그러들지 않네.
화로와 친하면 빨리 늙는다지만
이 붉은 마음을 나는 사랑해라.
겨울 석 달 동안은 가장 필요해
너 없이 하룬들 어떻게 살랴.
살며시 불면 흰 재가 날아오르고
속을 헤치면 붉은 불씨가 나타나,
아침 해장술도 따끈하게 데우고
밤이면 등잔불도 다시 켠다네.
솥에 밥을 짓더라도 먼저 쓰이고
이웃집 아궁에도 불씨를 나누어주니,

■

* 원제목은 〈시보의 서재에서 질화로를 같이 읊다〉라는 뜻인데, 시보(施普)
  는 김택령(金澤齡, 1665-1739)의 자이고, 호는 자연자(自然子)이다. 신
  경(申曔)이 지은 〈진사 김군 묘표(進士金君墓表)〉에 홍세태와 김택령의
  교유 사실이 실려 있다.

화로가 차가워졌다고 저버리진 말게나.
불꽃이 다시 일면 많이들 모여든다네.
추운 겨울 하늘과 땅이 다 막혔더라도
이 질화로를 의지해 따뜻하게 산다네.

錬質從埏埴、　　雖微亦世需。
中虛能以智、　　外樸欲爲愚。
着處皆安土、　　提時可反隅。
或嫌黃面老、　　吾愛赤心輸。
正合三冬用、　　寧容一日無。
乍噓烟颶白、　　深撥火呈朱。
凍酒朝熏得、　　殘燈夜續須。
策功先彼鼎、　　餘力及隣廚。
旣冷君休棄、　　當炎衆所趨。
窮陰天地閉、　　獨賴有玆爐。

제사 지낼 힘도 없어

先忌日家貧無以供祭需室人拔頭上銀尖子鬻
之感而有作 1701

너무도 가난해서 제사 지낼 힘도 없게 되었구려.
그대 은비녀를 아까워하지 않고 남의 손에 팔아 넘겼구려.
그대의 효성스러운 뜻 내 스스로 느끼고 보니,
이 내 생애 헛되이 장부의 몸만 가졌구려.

祭先無力奈家貧。　　不惜銀尖賣與人。
我自感君誠孝意、　　此生虛作丈夫身。

■
* 원제목이 무척 길다. 〈아버님의 제삿날이 되었지만 집이 가난해서 제물을
바칠 수가 없었다. 아내가 머리에 꽂은 은비녀를 뽑아서 팔았다. 이에 감
격하여 시를 지었다.〉

아버님 제삿날 밤중에 홀로 앉아서
先忌日夜起獨坐愴感口占 1701

한밤중 온갖 생각에 무릎 꿇고 혼자 앉았네.
이 내 마음은 오직 귀신께서나 아실 테지.
발을 스치며 바람이 지나가자 등불이 조금 흔들리네
그 옛날 아버님 병들었을 적 모시고 앉았던 날 같아라.

百感中宵獨坐危。　　此心唯有鬼神知。
掠簾風過燈微動、　　却似當年侍疾時。

제 값을 받아야지
良璞篇送八谷金處士叔涵南歸 1701

옥덩어리가 형산[1]에서 나왔네.
부드럽고 순수한데다 아름다움을 품었네.
쪼고 갈아서 쓸 만하게 만드니
깨끗도 해라, 홀도 되고 장[2]도 되었네.
청정한 종묘에 쓰임직도 하건마는
어쩌다 한 구석에 처박아졌나.
돌아와 깊은 골짜기에 놓아두었더니
풀 나무들이 그 빛을 가리웠네.
지극한 보물이 늘 있는 것 아니건만
내던져 버렸으니 다치게 생겼네.
사들였다가 제 값을 받아야지
우리 임금께 바쳐야겠네.

■
* 원제목은 〈양박편(良璞篇)을 지어 남쪽으로 돌아가는 팔곡처사 김숙함을
전송하다〉이다.
1) 변화(卞和)가 형산에서 커다란 옥덩어리를 얻었다.
2) 홀은 위가 둥글고 아래는 네모난 구슬이다. 장은 반쪽 홀이다. 규장은 예
식 때에 장식으로 쓰는 구슬인데, 인품이 높은 사람을 비유하는 말이기도
하다.

良璞出荊岳、　　　溫粹內含章。
追琢乃成器、　　　瑟彼圭與璋。
用之可清廟、　　　胡爲反懷藏。
歸置窮谷底、　　　草木閟其光。
至寶不恒有、　　　棄擲良足傷。
沽哉須善價、　　　終以獻吾王。

어느 곳에선들 인재가 나지 않으랴

巷東子嘗言見崇禮門樓壁上有題詩曰畫閣岩
嶢出半空登臨怳若跨飛鴻平生壯志憑無地獨
臥乾坤萬里風不知爲何人所作後尋問之則林
得忠詩也盖得忠武士以勇力稱云余觀其詩氣
槩激昂豪壯可以想見其爲人類非兜鍪下庸士
噫人有如此才而生不見用於世死且泯沒無傳
惜哉然賴有此數句得知世間有林得忠者其亦
幸矣於是感歎爲一絶以和之 1701

세상 어느 곳에선들 인재가 나지 않으랴만,
천리마가 소금 수레를 끄니 슬프기만 해라.
천년 세월 서글프게 바라보며 한 곡조 노래 부르자,
하늬바람 불어와 옛 연대¹⁾에 스러지네.

■

* 원제목이 무척 길다. 〈항동자 김부현이 언젠가 이런 말을 하였다. "숭례문
누벽 위에 누가 시를 지어 붙였는데, '울긋불긋 누각이 반공에 우뚝 솟아/
올라와 보니 날아가는 기러기나 탄 듯 황홀해라/ 평생의 장한 뜻 펼 곳이
없어/천지 만리풍에 홀로 누웠어라' 누가 지은 시인지 알 수 없었다네. 나
중에야 찾아가며 물었더니 임득충의 시라고 하는데, 득충은 용력으로 이
름난 무사라고 하더라." 내가 그의 시를 보니 기개가 격앙하고도 호방해
서, 그의 사람됨이 투구를 썼다고 해서 하찮은 무사 따위는 아님을 그려
볼 수 있었다. 아아! 사람이 이 같은 재주를 지녔건만 살아서는 세상에 쓰
이지 못하고 죽어서도 형적이 아주 없어져 후세에 전해지지 않으니, 아깝
도다. 그러나 이 몇 구절 덕분에 세상에 임득충이란 자가 있었음을 알게
되었으니 이 또한 다행스런 일이다. 그래서 감탄하면서 이 한 절구를 지
어 그의 시에 화답한다.〉

世間何地不生才。　　驥服鹽車只可哀。
悵望千秋歌一曲、　　西風吹落古燕臺。

■
1) 연나라 소왕(昭王)이 역수 동남쪽에 황금대를 쌓고서, 천하의 선비들을
   불러들였다. 후세 사람들이 그가 어진 선비 좋아하였음을 사모하여 또한
   이곳에 누대를 쌓고, '황금대의 저녁노을'을 연경(燕京) 팔경(八景)의 하
   나로 삼았다.

71

경복궁 숙직소에서

與德耇仁老希聖會于舍弟景福宮直廬夜話有
作 1701

세상에 눈썹을 펼 만한 곳도 없어
경복궁에서 몇 친구들과 기약하였네.
흰 머리로 제각기 서 말 술을 가지고 와서
푸른 등불 아래 십 년 시모임을 거듭 잇네.
까마귀도 새들도 잠드는 초저녁인데
달빛과 서리가 한 연못에 가득해라.
취한 뒤에 질탕하게 웃음 얘기 나누다 보니
호기 부리는 모습들이 그 옛날 같아라.

世間無地可伸眉。　　獨與西宮數子期。
白首各携三斗酒、　　靑燈重續十年詩。
烏棲鳥宿方初夜、　　月色霜華共一池。
醉後笑談從跌宕、　　尙憐豪氣似當時。

■
* 원제목이 길다. 〈아우의 경복궁 숙직소에서 덕구·인로·성회와 만나 밤새
도록 이야기하며 시를 짓다〉
홍세태의 아우 홍세범이 이 해에 경복궁의 위장이 되었으므로, 홍세태가
벗들과 함께 자주 놀러갔다. 경복궁이 임진왜란에 불타버린 뒤에는 폐허
였으므로, 수문장의 친구들이 마음대로 드나들며 시를 지을 수 있었다.

남쪽 이웃에게 드리다

呈南隣 1701

1.

이제야 자문(咨文)¹⁾의 초고를 엮었으니
몸 한가로워지자 흥취를 알겠네.
연기가 시냇가 집에서 오르고
참새들은 빗 속에도 가지에 모였네.
말로에는 위태로움을 보게 되리니
뜬 이름이 부질없음을 깨달으리라.
인연 따라 걱정과 즐거움 있으리니
그것을 그려내면 바로 진시(眞詩)라네.

始輟咨文草、	身閑趣可知。
烟生溪上屋、	雀聚雨中枝。
末路看某累、	浮名覺黍炊。
隨緣有憂樂、	寫出卽眞詩。

■

1) 자문(咨文)은 조선시대에 요동(遼東)과 왕래하던 문서로, 연경(燕京)과 심
양(瀋陽)의 육부(六部), 즉 이부(吏部)·호부(戶部)·병부(兵部)·예부(禮
部)·형부(刑部)·공부(工部)에 조회·통보·교섭 등을 목적으로 왕래되었
다. 이는 우리나라 임금의 명의로 중국의 육부와 동등한 자격으로 왕래되
었다. 홍세태가 이문학관(吏文學官)이었기에 자문을 작성하였다.

김택령의 별장에서
金施普淸凉別業 1702

2.

술이 익어도 권할 사람이 없는데
봄바람이 향그럽게 불어오네.
꽃송이에 봄뜻이 더욱 진해지고
해가 길어질수록 낮잠 더욱 길어지네.
비를 기다려 모내기를 해야지
먼 산에 올라 뽕도 따와야겠네.
농가에 봄 들며 일이 많아졌지만
서울 벼슬살이보다야 얼마나 좋은가.

酒熟無人勸、　　東風吹自香。
花將春意重、　　日與午眠長。
待雨催移稻、　　穿雲遠採桑。
田家漸多事、　　猶勝洛中忙。

장안엔 큰 길이 펼쳐 있건만

雜興 1705

1.

시골집 늙은 암말도
처음엔 천리마로 태어났었지.
용 같은 갈기털에 얼룩무늬
신비스런 골격까지 세상엔 없는 모습이었지.
마을 사람들은 남다른 점을 알아보지 못하고
다투어 빌려다 장작 수레나 끌게 했네.
귀까지 늘어뜨린 채 소·양이나 쫓으며
하루 내내 몇 리밖에 못 다녔지.
장안엔 큰 길이 펼쳐 있건만
이 말은 촌구석에만 박혀 늙었어라.

田家有老牝、　　生得天馬駒。
龍鬐五花文、　　神骨世所無。
里閭不見異、　　爭借駕柴車。
垂耳逐羊牛、　　終日數里餘。
長安有大道、　　此馬終村墟。

비단 짜는 여인

雜興 1705

2.
시골집에 못난 여인 있어
몸가짐 너무나 서툴러라.
그래도 흰 비단만은 짤 줄을 알아
밤낮 베틀에 매달려 있네.
누가 알랴, 그 마음씀이 괴로운 것을,
왕 있는 곳에 그 비단 바쳐지길 바라는 것을.
청루에 아름다운 여인이 많아
사람들 기쁘게 하는 말을 하고 있지만,
시골 여인 못났다고 비웃지 마오
흰 비단 네게서 나온 게 아니라네.

田家有醜女、　　容止何齟齬。
猶能織縑素、　　日夜弄機杼。
誰知用心苦、　　持以獻王所。
靑樓多艷色、　　工作說人語。
莫笑此女醜、　　縑素不出汝。

시월 십육일 밤에 큰 바람 불고 눈이 내려
十月十六日夜大風而雪 1705

세찬 바람이 바다를 건너와
산골짜기를 온통 뒤흔들었네.
바닷물도 뒤집혀 넘치니
조그만 오막살이 하나쯤이랴.
나뭇가지에서 새 둥지가 흔들리는 듯
네 벽이 우직우직 찌그러지네.
나그네 마음이 어찌나 겁나든지
사나운 기세에 어쩔 줄을 몰랐네.
한밤중 베갯머리에 가만히 엎드려
땅이 뒤집히나 걱정만 했네.
추위에다 진눈깨비까지 쏟아지더니
시내와 언덕에 큰 물 넘치네.
회오리바람이 사납긴 했지만
덕분에 병 기운이 없어진 게 좋아라.
날이 밝자 바람도 잠잠해졌건만
산에 있는 나무들은 아직도 울부짖네.
산새와 짐승들은 자취를 감추고
작은 마을에는 연기도 오르지 않네.
농사짓는 늙은이는 세금 바칠 걱정이 앞서
얼음판 길을 가다 소 다리를 분질렀네.
소년들은 활을 찾아 메고

사슴이라도 잡겠다고 혼자 나서네.

疾風渡海來、	掀簸一山谷。
海水爲之蕩、	何況爾白屋。
漂搖若鳥巢、	窣窣鳴四角。
客心何栗烈、	猛勢不可觸。
中夜潛伏枕、	直愁飜地軸。
天寒兼雨雪、	浩膠彌川陸。
雖云助颷虐。	且喜消瘴毒。
平明風稍息、	餘怒在山木。
千林鳥獸窮、	小村煙火寂。
田翁念租期、	氷路折牛足。
少年索弓箭、	獨自出射鹿。

군대를 뽑는다면서
抄丁行 1705

관가에선 해마다 군대 채울 걸 재촉해
상사의 명령서는 질풍같이 집행하네.
고을이 작아서 충당할 백성은 없건만
군대 오라는 문서는 잇달아 날아드네.
시아버진 어린 아길 강보에 싸들고
아전 향해 눈물만 흘리며 울음 삼키네.
아아, 강보에 있다고 하소연하지 마소.
뱃속에 있을 적부터 이름 지어 올렸다오.
교활한 아전들 권력 쥐었다고 돈이나 탐내니
동쪽 마을 조용하면 서쪽이 경칠 때라네.

官家歲抄催補兵。　　上司符牒如風行。
縣小無民可充額、　　缿筩密封投閑丁。
阿翁生兒在襁褓、　　抱向官前泣呑聲。
吁嗟襁褓爾莫訴、　　有在腹中先作名。
猾吏操權坐索錢、　　東村無事西村驚。

들판의 메추라기

野田鶉行 1705

메추라기 태어나 들판에 살며
갈대숲에다 둥지를 트네.
비록 무성한 숲은 아니지만
자기 몸을 숨기기에는 넉넉하구나.
한 해가 저물고 추워져 북풍이 사나울 때면
굶주린 매의 사나운 부리가 추상 같겠지만,
들판의 메추라기야, 네 몸이 작다고 한탄하지 마라
아첨거리 되는 것은 면할 수 있으니까.
이제야 알겠구나, 크고 작은 게 모두 쓰일 곳이 있으니
만물이 모두 천기를 타고났다는 것을.

野田鶉生在野田中。　　結巢蒿荻叢。
雖非托茂林、　　　　　亦足藏其躬。
歲暮天寒北風勁、　　　飢鷹厲吻當霜空。
野田鶉莫恨爾身微。　　得免爪攫充朝飢。
乃知大小各有用、　　　萬物皆天機。

늙은이지만 꽃을 사랑해

村興 1706

1.

시골 늙은이도 또한 꽃을 사랑해.
꽃을 꺾어다 흰 머리에 꽂았네.
물가에 앉아서 제 모습을 비춰 보다가
고개 떨군 채로 오랜 뒤에야 돌아오네.

田翁亦愛花、　　折來簪白首。
臨水自照容、　　低回爲之久。

바다를 건너 달아난 아낙네

海度娘 1706

촌 아낙네가 어떤 남자와 눈이 맞아, 바다를 건너 달아났다. 내가 《고악부(古樂府)》의 〈야도랑(夜度娘)〉을 본따서 이 시를 지어, 그 아낙네를 풍자한다.

아득한 바다 밑의 모래를
밟고 왔으니 어찌 자취가 있으랴.
내 마음이 배와 노가 된다면
그대 뜻은 밀물과 썰물이 되겠지.

漠漠海底沙、　　踏來那有跡。
儂心爲舟楫、　　歡意作潮汐。

총 멘 사냥꾼
橫銃子 1706

쑥대머리 사내 거칠고도 모질어라.
어깨에다 조총 메고는 눈길을 밟으며 가네.
꿩이랑 노루 잡아선 돌아가 혼자 먹으니,
일생 동안 벼슬아치라곤 이름도 모른다네.

蓬頭男子氣麤獰。　　鳥銃橫肩踏雪行。
獵得雉獐歸自食、　　一生官吏不知名。

천리에 뜻이 있었건만

遣興 1707

세상에 태어나 몸이 벌써 늙었으니
구름을 뛰어넘던 기백도 또한 시들었어라.
호걸 선비가 못 되어
밝은 세상을 헛되이 보낸 것 부끄러워라.
천리마의 뜻은 아직도 천리 밖에 있건만
뱁새는 겨우 가지 하나에 깃드네.
가을 벌레가 스스로 읊조린다고
반드시 깊은 슬픔 있는 건 아닐세.

落地身今老、　　凌雲氣亦衰。
愧非豪傑士、　　虛此聖明時。
驥志猶千里、　　鷦棲且一枝。
秋虫自吟嘯、　　不必有深悲。

농암 선생의 죽음을 슬퍼하며
農巖金判書挽 1708

6.

하늘의 뜻은 넓고도 무심하여서
어진 분의 운명을 슬프게 했네.
임종하는 머리맡엔 제자들만 모셨고
사랑하던 아들은 벌써 땅 속에 묻혔네.
뒤를 이을 어린 손자도 너무 약해서
남은 가족들 굶주림을 면할 길 없어라.
강물 위에 날며 노니는 저 갈매기야
텅 빈 저 자리를 너라도 지키려마.

天意蒼茫甚、　　高賢命足悲。
侍終門下士、　　迎拜地中兒。
後卽旁孫弱、　　生猶閤室飢。
滄江有白鳥、　　留汝守虛帷。

농암 선생의 영전에 곡하고 물러나와

哭農巖公靈几退而述懷 1708

봄에 처음 한 마디 했지 이 강가에서,
꽃이 피면 낚싯배를 타자고 함께 약속했었지.
누가 말했던가, 나는 왔건만 공은 기다리지 않네.
작은 다락엔 봄이 가버리고 꽃도 또한 없구나.

春初一語此江涯。　　約共花時上釣槎。
誰道我來公不待、　　小樓春去亦無花。

---

* 그는 당대의 문장가였던 김창협(1651~1708)·김창흡 형제와 가깝게 지
  냈는데, 농암 김창협이 죽었을 때에 이 시를 지었다. 김창협은 영의정 김
  수항의 아들로 1682년에 문과에 장원급제하여 대사성·청풍부사에 이르
  렀지만, 1689년에 아버지가 유배지 진도에서 사약을 받고 죽자 벼슬을
  단념하고 글만 지었다. 《농암집》 38권 20책이 남아 있다.

벼슬을떼이고서
罷官 1710

2.

벼슬 떼인 게 너무 늦었다고 국화는 날 보고 비웃네.
술이 익었으니 꽃 앞에서 한 잔쯤 들이킴직도 하이.
영화와 치욕이 몸 밖의 일이라 나와는 관계 없으니,
내 뱃속에 든 시야 귀신도 빼앗기 어려울 테지.

黃花笑我解官遲。　　酒熟花前可一卮。
榮辱不關身外事、　　鬼神難奪腹中詩。

* 홍세태가 통례원(通禮院) 인의(引儀, 종6품)가 된 지 몇 달도 안 되어 벼
   슬을 그만두게 되었다. 날짜는 확실치 않지만, 1710년 7월 이후에 임명
   되어서 9월 9일 이전에 그만둔 것 같다. 통례원은 나라의 의식을 맡아보
   던 관청이었는데, 중부 적선방에 있었다. 홀기(笏記)를 잘 불러야 했으므
   로 목청 좋은 자들을 뽑았는데, 중요한 관청은 아니었다. 그 다음해에 그
   는 다시 통례원에서 일하였다.

일본에 사신으로 가는 조 참의께

奉送趙參議令公使日本 1710

1.

오사카는 그 옛날 히데요시의 도성이었는데,
피주머니 흉악한 역적이 하늘의 벌을 받아 죽었다오.
오늘날엔 백성과 문물이 부유함을 자랑하니,
염전과 구리 광산이 옛적 오나라 같다오.

大坂當時秀吉都。　　　血囊凶逆受天誅。
至今民物誇豪富、　　　鹽海銅山絶似吳。

3.

에도 성채는 높고도 높아 하늘에 닿을 듯한데,
강물 끌어들여 띠를 둘렀으니 사방을 뱃길로만 통한다오.
저자 거리엔 한낮에도 사람들이 들끓어,
북 치고 나팔 불며 사절단 앞에 두 줄 설 테지요.

■
* 조참의는 1711년 도쿠가와 이에노부[德川家宣]의 쇼군[將軍] 습직(襲職)
을 축하하기 위해 통신사(通信使) 정사(正使)로 임명된 조태억(趙泰億,
1675-1728)을 가리킨다. 1682년 도쿠가와 쓰나요시[德川綱吉]의 습직
(襲職)을 축하하기 위해 통신사가 일본을 방문하였을 때, 홍세태가 부사
이언강의 자제군관(子弟軍官)으로 제이기선(第二騎船)에 배속되어 일본
에 다녀왔으므로, 그 경험을 말해준 것이다.

江戶城高欲到天。　　引河爲帶四通船。
市門白日穿人海、　　鼓吹雙行使節前。

4.

오랑캐 계집애가 머리에 꽃을 꽂고,
문가에 기대어 손님 맞으며 부끄러운 줄도 모른다오.
고운 모습이라 또한 나라도 망칠 만한 자태를 지녔건만,
음란한 풍습이 있어 암사슴처럼 모여든다오.

蠻家女兒花挿頭。　　倚門迎客不知羞。
嬋娟亦有傾城色、　　獨奈淫風類聚麀。

8.

용천검의 칼날이 서리처럼 희게 빛나니
허리에 꽂은 한 쌍이 장검과 단검일세.
눈만 흘겨도 사람 죽이니 얼마나 용맹한지
사쓰마[1] 사람이 가장 당해내기 어렵다네.

龍泉顔色白如霜。　　雙揷腰間有短長。
睚眦殺人何太勇、　　薩摩州客最難當。

---

1) 지금의 가고시마현[鹿兒島縣] 서부지역인데, 임진왜란과 정유재란 때 참
　전했던 시마즈 요시히로[嶋津義弘]에 의해 잡혀간 조선도공 박평의(朴平
　意)·김방중(金芳中)·심당길(沈堂吉) 등이 이곳에 살면서 사쓰마야키[薩
　摩燒]를 만들었다.

새벽 동산을 거닐며

晨行園中遣興 1711

새벽에 일어나 동산을 거니노라니
풀이 우거져 찬 이슬이 맺혔네.
숲 바람 건듯 스치고 지나가자
무덥던 기운이 어느새 가셨네.
새들은 아직도 나무에서 잠자고
귀뚜라미 혼자서 끝없이 우네.
가슴 그윽한 속에서 느껴워지니
가을 기운 어느새 완연하구나.
또 한 해가 저문다고 무엇이 슬프랴
뜻있는 선비란 가난한 아낙네 같은 걸.

晨起涉中園、　　草深露湑湑。
林風一蕭散、　　煩暑覺已去。
宿鳥猶在樹、　　孤蛩深自語。
幽懷易爲感、　　秋意遽如許。
歲暮亦何悲、　　志士同寒女。

김부현의 죽음을 슬퍼하며
東翁挽 1714

골목 동쪽[1]에 병들어 누운 그대를 가엾게 여기노니
밥그릇과 쪽박이[2] 늙도록 비었네.
세상이 즐거운 일을 어찌 우리에게 돌리랴.
하늘도 또한 일생 동안 이 늙은이를 곤궁케 했네.
상여 머문 곁에서 외롭게 남은 아이를 쓰다듬고
닫힌 상자 속에서 남은 원고를 통곡하며 거두네.
황천 가서도 시 짓는 모임이 있을는지 모르겠네.
설초 · 춘곡 모두 살았던[3] 그 시절 같이 모일는지를.

■
* 초곡(蕉谷)은 설초(雪蕉, 최승태)와 춘곡(春谷, 유찬홍)이다. (원주)
1) 골목은 가난한 사람들이 모여 사는 곳을 뜻하는데, 홍세태를 비롯한 중인
   들을 위항(委巷) 또는 여항(閭巷)이라고 불렀다. 이 시에서 골목 동쪽[巷
   東]은 낙사(洛社)의 동인이었던 김부현의 호이기도 하다.
2) 한 그릇의 밥[簞食]과 한 쪽박의 국물[瓢飮]은 가난한 생활을 뜻한다. 공
   자가 사랑하던 제자 안회는 한 그릇의 밥과 한 쪽박의 국물로 지저분한
   골목[陋巷]에 살았지만 그 즐거움을 바꾸지 않았다.
3) 홍세태와 함께 낙사(洛社)의 동인이었던 설초 최승태는 1684년에 죽었
   고, 춘곡 유찬홍은 1697년에 죽었다. 낙사의 동인 가운데 홍세태가 가장
   오래 살면서, 먼저 죽는 동인들을 위하여 여러 차례 시를 지었다.

一病憐君臥巷東。　簞瓢垂老覺全空。

世何樂事歸吾輩、　天亦窮年困此翁。

手撫孤兒停柩側、　哭收殘藁閉箱中。

不知泉下論文會、　蕉谷還能在日同。

비수나 사가지고 돌아오게

送金生赴燕 1716

서리 내리는 하늘 아래 말 세우고 술 한 잔을 나누세.
연나라 노래[1]는 옛적부터 슬픔을 자아냈었지.
저자 바닥의 모든 물건일랑 흙처럼 보아넘기고
형가가 지녔던 비수[2]나 사가지고 돌아오게나.

立馬霜天酒一杯。　　　燕歌千古荐生哀。
市中百物看如土、　　　買得荊軻匕首來。

---

* 원제목은 〈연경에 가는 김생을 전송하다〉라는 뜻이다.
1) 춘추전국시대에 연나라와 조나라의 선비들이 세상 돌아가는 꼴을 근심하
　여, 슬프게 탄식하는 노래들을 많이 지어 불렀다.
2) 자객 형가가 연나라 태자 단을 위하여 진왕(秦王, 나중의 진시황)을 암살
　하려고, 비수 하나와 연나라 지도, 그리고 진나라에서 망명해 온 장군 번
　어기의 목을 가지고 역수(易水)를 건넜다. 태자 단과 이 일을 아는 사람들
　이 역수까지 따라가서 슬픈 노래를 부르며 헤어졌다.

떠돌아다니며 살지만

移居 1717

나라가 온통 굶주리고 병들었으니
오호라, 심한 난리로구나.
연못의 기러기도 어디로 모이는지
늪인지 숲인지 저들도 모른다네.
나그네 잠든 곳은 한밤이라 고요한데
슬픈 노래 부르자 모든 나무들 슬퍼하네.
서로 의지하고 살면 모두가 피붙이니
떠돌아다니며 산다고 한탄하진 않으리라.

舉國同飢疫、　　嗚呼甚亂離。
澤鴻何所集、　　隰楚自無知。
旅泊中宵靜、　　商歌萬木悲。
相依且骨肉、　　不敢恨遷移。

정혜경을 일본으로 보내며
送鄭惠卿往日本 1719

동해 섬나라로 배가 떠나네.
외로운 돛대 위에 해가 붉어라.
지난번엔 중국 사신을 만났다더니
이번에는 섬 안에서 오랑캐의 왕을 보겠지.
남쪽 바다 풍랑은 언제나 자려는지
요즘은 원수의 나라 조정에다 예물을 바친다지.
그대의 붓을 서릿발 같은 창끝 삼아서
적의 나라 쓸어버리면 이 또한 큰 공일세.

此去扶桑大壑東、　　孤帆上拂日輪紅。
曾聞漢使從天上、　　卽見蠻王坐島中。
瘴海風濤何日息、　　蠻庭玉帛至今通。
君能用筆如霜戟、　　一掃殊邦亦戰功。

■
* 혜경은 정후교(鄭後僑, 1675-1755)의 자인데, 호는 국당(菊塘)이다.
  1719년 도쿠가와 요시무네[德川吉宗]의 습직(襲職)을 축하하기 위해 일
  본에 파견된 통신사에 부사 황선(黃璿)의 자제군관으로 참여하였다. 다녀
  오면서 기행문《부상기행(扶桑紀行)》을 지었다.

일만권 책 읽은게 무슨 소용 있나

鹽谷七歌 1719

1.

나그네여! 나그네여! 그대의 자가 도장(道長)이라지.
자기 말로는 평생 동안 강개한 뜻을 지녔다지만,
일만 권 책 읽은 게 무슨 소용 있나
늙고 나자 그 웅대한 포부도 풀더미 속에 떨어졌네.
누가 천리마에게 소금수레 끌게 했던가?
태항산이 높아서 올라갈 수 없어라.
아아! 첫 번째 노래를 부르려 하니
뜬구름이 밝은 해를 가리는구나.

有客有客字道長。　　自謂平生志慨忱。
讀書萬卷何所用、　　遲暮雄圖落草莽。
誰敎騏驥伏鹽車、　　太行山高不可上。
嗚呼一歌兮歌欲發。　白日浮雲忽陰結。

아내여 아내여

鹽谷七歌 1719

2.

아내여. 아내여. 그대와는 신혼 적부터
온갖 근심 속에서도 금슬만은 좋았지.
씀바귀 먹고도 냉이 먹는 듯 화내는 기색 없었으니
그대 아니었다면 내 어찌 오늘이 있었겠나.
부끄러워라, 남은 생에도 보답할 길이 없으니
다만 죽으면 함께 묻히길 기약할밖에,
아아! 두 번째 노래도 참말 슬프니
가련한 이내 뜻을 하늘이나 알아주실까.

有妻有妻自結髮。　百事傷心但琴瑟。
食荼如薺無慍色、　微子吾能得今日。
愧無寸報慰餘生、　獨有前期指同穴。
嗚呼二歌兮歌正悲。　此意可憐天或知。

죽지 않고 사는 게 다행

鹽谷七歌 1719

6.

여러 해 동안 나라에 액이 겹쳐 병들고 굶주리니
나 혼자 떠돌이생활 어찌 면하겠나?
가난할망정 죽지 않고 사는 게 다행이지
굶어 죽은 시체들 천지에 흩어졌네.
봄날이건만 며칠째 햇볕도 쬐지 않고
찢어진 창틈으로 잠결인 듯 빗소리 들리네.
아아! 여섯 번째 노랠 부르니 설움이 복받쳐라.
평민이 근심[1] 이렇거든 하물며 조정에서랴.

數年邦厄荐饑疫。　　我獨何能免漂泊。
窮居不死誠自幸、　　眼看積殍橫九陌。
春陰連日不見陽、　　破窗夜眠聆雨滴。
嗚呼六歌兮歌激昂。　漆室之憂況廟堂。

---

1) 칠실지우(漆室之憂)는 옛날 노나라에 살던 한 미천한 아낙네가 캄캄한 방
　에 앉아서 나라의 일을 근심하였다는 고사이다.

슬픔도 기쁨도 하늘 뜻대로지

鹽谷七歌 1719

7.

땅에선 풀도 나지 않고 집은 저자거리에 가까워,
하루 내내 떠드는 소리로 귀가 먹먹해졌네.
아침 되어 문을 나가 큰 길에 섰더니
수레와 말 서로 부딪칠 때마다 누구냐고 묻네.
베잠방이 차림으론 두려워 감히 나서지 못하고
돌아와 누우니 상머리에《노자》가 있네.
아아! 일곱 번째 노래를 부르고 또 부르니
슬픔도 기쁨도 하늘 뜻대로지 내 어찌하랴.

地不生草宅近市。　　終日嘵嘵鈤人耳。
朝來出門臨大道、　　車馬相逢問誰是。
短衣怳惕不敢前、　　歸臥床頭有老子。
嗚呼七歌兮歌復歌。　哀樂從天可奈何。

보기 드문 칼
寒夜無眠孤燈耿耿見壁上掛劍取視之感歎爲
詩 1720

외로운 밤, 등 앞에 앉아서
칼을 어루만지며 한바탕 노랠 부르네.
누가 알아주겠나, 세상에 드문 보검을,
천하에 여지껏 많지 않았다네.

獨夜燈前劍、　　摩挲一放歌。
誰知絶世寶、　　天下不曾多。

---

* 원제목이 무척 길다. 〈추운 밤이라 잠도 안 오는데 외로운 등불만 반짝였
  다. 벽 위를 보니 칼이 걸려 있었다. 가져다 보고는 탄식이 나와 이 시를
  지었다.〉

나는 이제 늙고 병들어 죽음에 가까워졌
지만, 자녀가 하나도 없이 이곳 영남 바닷
가 천리 밖까지 떨어져 있다. 그런데 이 몇
달 사이에 잇달아 두 아우를 잃으니, 슬픔
과 괴로움이 처절하고도 심정이 망극하
다. 그래서 이 시를 써서 나의 슬픔을 서술
하려고 한다. 눈물이 종이에 스며드니, 이
시를 보는 자들이 또한 차마 읽지 못할 것
이다.

余老病垂死無一子女而落此嶺海千里外數月
之間連哭兩弟哀痛慘絶情事罔極爲詩述哀有
淚透紙見者當亦不忍讀矣 1721

내가 살 날이 오래 남지도 않았는데
어쩌다 이런 괴로움을 당하게 되었나.
외롭게 이 한 몸만 남긴 채
나의 골육들이 모두 땅속으로 들어갔구나.
이제 또 두 아우를 잃고 통곡하니

■

* 홍세태가 67세 되던 1719년에 이광좌의 추천으로 울산(蔚山) 감목관(監
  牧官)이 되어 영남 바닷가에 내려가 지내고 있었다. 감목관(監牧官)은 지
  방의 목장에 관한 일을 맡아보던 종6품의 외관직 무관인데, 대개는 목장
  이 있는 곳의 수령(守令)이 겸직하였다.

102

슬픔과 괴로움이 간장을 찢네.
삼 년 동안 영남 바닷가에 붙어사느라고
한 번 헤어진 게 영이별이 되었네.
이 목숨 끝날까지 다시는 못 보게 되었으니
땅속에서 모일 날이나 기다려야지.
병들고 시든 이 몸을 돌아보니
후손 이을 뒷일도 실오라기처럼 위태하구나.
비록 어린 조카아이가 있다지만
조상들의 자취를 이을 수 있을는지.
괴롭게 부닥치니 마음과 일이 어긋나라
우리 집안 문호를 누가 끝내 주장할거나.
만약 죽은 이들도 알게 된다면
무슨 얼굴로 아버님을 뵐거나.
남은 생애도 슬픔과 걱정뿐이니
차라리 너처럼 죽는 게 더 나았을 텐데.
아아! 아우들을 먼저 장사 지내는 모습을
천리 밖에서 친히 보셨으니,
내가 뿌리는 눈물에 화답해
고향 선산에서도 비바람 몰아치겠네.

不有我久生、胡爲見此苦。
孑然餘一身、骨肉皆入土。
今又哭兩弟、哀痛裂肝肚。
三年嶺海陬、一別遂千古。
終天不復見、惟待地下聚。
回顧此衰病、後事危一縷。
縱有孱侄存、可能得繩武。
痛迫心事違、門戶竟誰主。
若使死有知、何面我父祖。
餘生但悲憂、反覺汝死愈。
嗚呼後先葬、千里隔親覿。
和我此時淚、故山多風雨。

포석정에서
鮑石亭用鄭西疇韻 1721

음란한 즐거움이 끝내 나라를 망치는 줄을
어리석은 백성도 또한 알 수 있어라.
임금이 술 연못¹⁾에 있던 날
군사들이 경양전²⁾에 쳐들어왔네.
한차례 지났건만 꿈 사이에 정자는 어디 있나
천년이 지났건만 주춧돌은 남아 있구나.
가을바람에 낙엽이 지자
나무는 저녁 들며 슬프게 우네.

■

* 서주(西疇)는 낙사(洛社) 이전의 위항시사였던 삼청시사(三淸詩社)의 동
  인 정예남(鄭禮男)의 호이다. 선배 시인 정예남이 예전에 지은 〈포석정시
  (鮑石亭詩)〉에다 홍세태가 차운한 시이다.
1) 은나라 주왕(紂王)이 술과 음란한 즐거움을 좋아하여, 사구(沙丘)에다 술
   로 연못을 만들고 놀았다. 그 옆에 고기를 매달아 숲을 만들고, 발가벗은
   남녀들이 그 사이로 서로 쫓아다니게 하며, 밤새도록 술을 마셨다. 그래
   서 백성들이 원망하였다. 주지육림(酒池肉林)이란 말이 여기에서 나왔다.
2) 진(陳)나라 때의 궁전. 정명(貞明, 587~589) 말기에 수나라 군사들이 궁
   성까지 쳐들어오자, 후주(後主)와 장씨·공씨 두 왕비가 우물 속에 들어가
   숨었다가 끝내 붙잡혔다. 그 뒤로는 이 우물을 욕정(辱井)이라고 불렀다.

淫樂終亡國、　　蚩甿亦可知。
君臨酒池日、　　兵入景陽時。
一夢亭何在、　　千秋石不移。
西風落黃葉、　　山木夕鳴悲。

노을로 배 불리지는 못해

遣興 1724

누워서 푸른 산을 즐기다가 일어나는 게 늘 더디었지.
떠가는 구름 흐르는 물이 또한 나의 시였지.
이 몸이 선골(仙骨) 아닌 걸 알고 나니 모두가 우스워라.
노을이 배에 가득해도 굶주림을 없애 주지는 못하네.

臥愛靑山起每遲。　　浮雲流水亦吾詩。
此身却笑非仙骨、　　滿腹煙霞未解飢。

터놓고 지내자고 말하더니
擬古 1724

남에는 기성(箕星)이 있고 북에는 두성(斗星)이 있어[1]
견우가 멍에를 메지 않는다고,[2]
옛 사람들이 이 말을 하더니
세상 인심엔 예나 이제나 없네.
그대와 처음 벗으로 사귈 땐
터놓고 지내자고 그대 말했었지.
북산에는 푸른 솔이 있고
남산에는 넓은 바위가 있는 것처럼.
하루아침에 그대 부귀해지더니
사람 대하는 태도가 그대로 달라졌네.
마음 기울여 그대를 사랑했건만
날 보길 길가의 나그네 대하듯 하네.
잘 차려주는 음식이 어찌 다급함을 구하랴.
겉치레 예의는 흔적뿐이지.

■

1) 서로 멀리 떨어져 있거나, 이름과 실상이 서로 다른 것을 비유하는 말이
다. 《시경》〈대동(大東)〉에 "남쪽에 키 같은 기성이 있으나 곡식을 까불
수도 없고, 북쪽에 국자 같은 두성이 있으나 술이나 국을 뜰 수도 없네.〔維
南有箕 不可以簸揚 維北有斗 不可以挹酒漿〕"라고 하였다.
2) 《시경》〈대동(大東)〉에 "반짝이는 저 견우성, 수레에 멍에 메지 못하네.〔睆
彼牽牛, 不以服箱.〕"라고 하였다. 역시 이름과 실상이 서로 다른 것을 비유
하는 말이다.

오늘이 있으리라고 일찍이 알았기에
내 그대를 꾸짖지는 않으리라.

南箕北有斗、　　牽牛不負軛。
古人有此語、　　世情無今昔。
與君初結好、　　君言兩莫逆。
北山有靑松、　　南山有盤石。
一朝君富貴、　　人事坐變易。
傾心向他愛、　　顧我路傍客。
䬸飯豈救急、　　虛禮但形跡。
早知有今日、　　吾不爲汝責。

부록

柳下
洪世泰

홍세태의 생애와 시

가난이 그의 전 생애를 숙명처럼 따라다닌 위항시인 유하
(柳下) 홍세태(洪世泰)는 1653년에 무관인 아버지 홍익하(洪翊
夏)의 장남으로 태어났다.

자(字)를 도장(道長)이라 하고 호는 창랑(滄浪)이라고 하였다.
이 시기는 문운이 크게 일어나기 시작하던 조선조 후기 숙종
연간으로, 바야흐로 위항문학이 발흥하기 시작하던 때였다.
유하는 다섯 살에 이미 책을 읽을 줄 알았고, 나이 들어 경
사와 제자백가에 무소불통할 정도로 글재주를 타고났다. 신
분 제약으로 인해 사회 진출의 통로를 폐쇄당한 그는 을묘년
(1675) 잡과(雜科)에 응시하여 한학과(漢學科)에 합격은 하였으
나, 체아직에 머물다가 훨씬 뒤인 46세 때에야 비로소 이문
학관의 직책에 나아갈 수 있었다. 궁핍한 생활은 그의 벼슬에
도 불구하고 나아지지 않았다. 그는 이어 제술관에 임명되기
도 하고 서부주부 겸 찬수랑이 되기도 하였지만, 생활 형편은
여전히 가난하였다.

집안을 잘 돌보지는 않았으나, 시재(詩才)가 인정되어 왕명
으로 시를 짓기도 하였으며 《동문선(東文選)》을 편찬하는 일
에 관여하기도 하였다. 뛰어난 문장으로 하여 통신사(通信使)
를 따라 일본에 다녀오기도 하였고, 역관(譯官)의 자격으로 연
행(燕行)길에 오르기도 하였다.

당시 내수사(內需司)의 아전을 지낸 임준원(林俊元)은 그의
직책으로 하여 큰 재물을 모았는데, 가난한 사람 돕기를 즐

겨하였다. 특히 가난한 위항인의 관혼상제 때는 크게 재물을 흩어 도와주었는데, 유하도 그의 도움을 받았던 것이다. 그는 울산 감목관의 벼슬에 나아가기도 하였으나 여전히 궁액을 면치 못하였다. 그러나 독서하는 일과 시를 짓는 일은 멈추지 않았다.

그는 8남 2녀의 자녀를 두었으나 아들은 모두 젊었을 때 잃었고, 울산 감목관을 지내던 때는 두 아우마저 저승으로 먼저 보내는 불운의 연속된 생활 속에서 두 딸까지 잃는 아픔을 겪어야만 했다. 그러나 비운과 가난 속에서도 시와 풍류를 즐기는 천성을 멈출 줄을 몰라, 유하정(柳下亭)을 짓고 스스로를 '소유(小儒)' '위항지사(委巷之士)' '군자(君子)'라 칭하며 관인(官人)에로의 꿈을 버리지 않았다. 자신의 신분이 '사(士)'임을 강조하면서 양반·사대부들과 교유하며 시를 짓고 술을 마시는 풍류생활을 즐겼다.

위항인으로서의 역관(譯官)의 신분인 '단의(短衣)'는 신분의 한계를 나타내는 징표임에 틀림없었다. 뛰어난 문장의 재능에도 불구하고 청직(淸職)에 나아갈 수 없는 봉건사회의 모순에 강한 불만을 토로하였고, 불평등한 사회에 대하여 강한 비판을 가하기도 하였다. 불우한 처지의 그들은 유유상종하였고 대우받지 못하는 처지에 대한 비분강개를 시와 술로 스스로 즐겼으니, 이러한 모임이 바로 시회(詩會)였고 이들이 모여 문학활동을 펼친 모임이 시사(詩社)였던 것이다. 그가 참여한 시사(詩社)의 이름이 곧 '낙하시사(洛下詩社)'였다.

위항시인 대부분이 그러하였듯이, 유하도 생애의 많은 시간을 여행으로 보냈음이 그의 시편들에 잘 나타나 있는데, 그가 관동·강화·개성·평북·제천·경주에 이르기까지 전국 각지를 두루 편력했음을 알 수 있다. 이때 관리의 횡포와 백성들의 가난을 직접 목격하고 이를 시를 읊기도 하였으니 〈농가탄(農家歎)〉·〈초정행(抄丁行)〉·〈군정탄(軍丁歎)〉 등이 바로 그러한 시편들이다. 그는 죽어 아내와 함께 묻히기를 바라는 시를 남겼고, 자신보다 먼저 간 딸들의 유언을 차마 듣지 못하겠다는 처절이 극한 시를 짓기도 하였다. 거기다가 두 동생마저 잃는 슬픔을 맛보게 되었으니, 한 시인의 가난과 불행이 이에 이르는 참담한 심정을 토로하기도 하였다.

홀로 남은 아내에게 그가 직접 편집한 시고(詩稿)를 남기고 73세의 생애를 끝마쳤다. 그의 둘째사위인 조창회(趙昌會)와 문객인 김정우(金鼎禹)에 의해 《유하집(柳下集)》 14권이 간행되었으니 3편의 부(賦)와 2권의 문(文) 그리고 1,627수의 시가 수록되어 있다. 자신의 신분을 '소유(小儒)' '독서지사(讀書之士)'라고 지칭한 그는 양반 사대부들과 빈번한 교유를 하였으니, 농암(農巖) 김창협(金昌協)·삼연(三淵) 김창흡(金昌翕) 그리고 묘헌(妙軒) 이규명(李奎明)과는 망형지교(忘形之交)를 맺어 시와 술로 사귀었으며, 특히 삼연의 낙송루(洛誦樓)에서의 시회(詩會)는 사대부와 위항인들의 공동 시사(詩社)의 역할을 해낸 셈이다.

영의정 최석정(崔錫鼎)·우의정 김석주(金錫胄) 그리고 최창대(崔昌大)·신정하(申靖夏) 등 당대의 사대부 문인들과도 끊임없는 교유를 가졌던 것은, 비록 사회적 신분은 다르지만 시문에 있어서만은 차이가 없었음을 입증하였다고 하겠다. 위항인의 시는 하늘에서 얻은 바로, 초절(超絶)하여 당풍(唐風)에 가깝고 사경(寫景)함이 맑고 원만하여 봄의 새소리 같으며 서정(抒情)이 비절(悲絶)하여 가을벌레 소리 같으니 느끼어 노래함이 천기(天機) 중에 자연 유출되지 않음이 없어 이가 곧 진시(眞詩)라고 하였다.

그의 문학활동은 여기서 끝난 것이 아니니 최초의 위항인 공동시선집인《해동유주(海東遺珠)》를 펴내기도 하였고 위항인의 전기(傳記)를 짓기도 하였다.《해동유주》는 농암(農巖)의 권유에 의하여 이룩된 것이다. 농암은 사대부들의 시는 채집되어 세상에 널리 전하여지지만 여항의 시는 홀로 빠져 인멸되어 전해지지 않아 아까우니, 한번 채집해 보라고 하였다. 그리하여 유하는 모래를 헤쳐 금을 찾아내는 심정으로 10년 동안의 노력 끝에 위항시인 박계강(朴繼姜) 등 48명의 225제(題) 235수(首)의 시를 시대순과 시체에 따라 배열하여 숙종 38년(1712)에 간행하였다. 그는 이어 3편의 전(傳)을 지었는데 그 중 〈유술부전(庚述夫傳)〉은 유찬홍의 전기다.

공경·사대부들과 교유하며 시재(詩才)를 인정받기는 하였으나 결국 신분적인 제한으로 쓰임 받지 못하고 시주(詩酒)로 그의 생애를 끝마쳤으니 어찌 슬프지 않겠느냐고 하여, 자신의 처지를 유찬홍에 비의한 사실을 짐작할 수 있겠다. 그는 자기의 시가 언제나 참신하기를 바랐다. 재도지기(載道之器)의 시작(試作)만을 고집하던 사대부들과는 또 다른 일면을 지니고 있었으니, 그는 자신의 뜻을 세상이 알아주지 않음을 한탄하였다.

그리하여 하늘이 그에게 내린 시의 재능을 마음껏 발휘하게 되었다. 그가 주장한 천기진시론(天機眞詩論)은 그가 주장하는 위항시 옹호의 근거가 된 것이다. 그는 스스로 '여항지사(閭巷之士)' '군자(君子)'라 칭하여, 시인으로서의 그의 재능은 인정받았으나 위항인으로서의 신분적 상승은 꾀할 수 없었음을 알고 있었던 것이다. 그리하여 부조리한 현실에 대한 불평불만을 광가(狂歌)로 표현하고 음주(飮酒)로 세월을 보내며, 시사(詩社)의 중심인물답게 '천금(千金)'으로 난정(蘭亭)의 모임과

바꿀 수 없다'고 하였으니, 그들 위항인들의 문학활동 단체인 시사(詩社)가 얼마나 중요한 의미를 지니는가를 잘 나타내 주고 있다. 때로는 산수에 노닐며 전국 각지를 유람하다가, 그 속에서 울분을 달래고 작시(作詩) 음주(飲酒)로 스스로 즐겼던 것이다. 그러는 가운데도 궁핍은 계속 그를 따라다녔으며 그의 가사(家事)를 돌보지 않는 습벽은 여전하였다. 세상이 자신을 알아주지 않음은 정도(正道)가 통하지 않음이라 단정하고 그러한 사회와 대결하려 하였으나, 현실은 그러한 그의 생각과 행동을 용납하지 않았다. 여기에 현실의 모순에 대한 그의 강한 불만이 노정되었던 것이다. 그는 하늘로부터 받은 인간의 본성은 신분에 따라 귀천의 구별이 없다고 보았다.

그래서 위항인들도 사대부들과 똑같이 신분의 상하에 관계없이 시를 지을 수 있다고 주장하였으며, 한 걸음 나아가 마음에 때가 묻지 않은 천기의 자연스러운 유출로 말미암아 오히려 더 좋은 시를 지을 수 있다고 하였다.

전국 각지를 주유하는 동안에 백성들에게 가해지는 관리의 횡포와 피폐한 농촌을 등지고 유리하는 백성들의 모습을 목도하고는, 현실을 새롭게 읽으려는 안목을 가지게 되었다.

'황구첨정(黃口簽丁)'의 폐해와 '백골징포(白骨徵布)'의 가혹함을 읊은 〈초정행(抄丁行)〉,

> 관가에선 해마다 군대 채울 걸 재촉해
> 상사의 명령서는 질풍같이 집행하네.
> 고을이 작아서 충당할 백성은 없건만
> 군대 오라는 문서는 잇달아 날아드네.
> 시아버진 어린 아길 강보에 싸들고
> 아전 향해 눈물만 흘리며 울음 삼키네.

아아, 강보에 있다고 하소연하지 마소,
뱃속에 있을 적부터 이름 지어 올렸다오.
교활한 아전들 권력 쥐었다고 돈이나 탐내니
동쪽 마을 조용하면 서쪽이 경칠 때라네.

과 〈군정탄(軍丁歎)〉이 이를 잘 말해 주고 있다고 하겠다.

　임진·병자 양란(兩亂) 후인 17세기 중반부터 18세기에 살
다 간 그는 조선 후기 위항문학의 형성 발전기에 매우 중요한
역할을 해내었다. 그러나 그는 자신의 뛰어난 재능에도 불구
하고 위항인이라는 신분적 고착에서 끝내 벗어나지 못하고,
일생을 사회의 냉대와 가난 속에 살아갔다. 그렇지만 그는 가
난하였기에 시작(詩作)에 더욱 몰두할 수 있었으며, 천기(天機)
를 유출(流出)하여 진시(眞詩)를 쓸 수 있었던 훌륭한 시인으로
서의 생애를 더욱 빛내 주었다.

　── 천병식(아주대 교수)

홍세태

홍세태(洪世泰 : 1653~1725)의 자는 도장(道長)이다.

처음 젖니를 갈 때부터 벌써 말을 잘했으며, 말을 했다 하면 사람을 놀라게 했다. 조금 자라면서 경서와 역사·제자백가를 읽었는데 꿰어뚫지 않은 책이 없었으며, 특히 시에 마음을 쏟았다. 그의 정이 이르는 곳마다 오묘한 깨달음이 스며들었으며 어떤 환경에 부닥칠 때마다 글을 지으면 천기(天機)가 흘러나왔다. 그 음조(音調)와 기격(氣格)이 당나라의 여러 정통 시인들보다도 뛰어났다.

식암(息菴)[1] 김공이 보고 감탄하며, "고적(高適)이나 잠삼(岑參)의 류이다"라고 칭찬했다. 사람들이 많이 모일 때마다 칭찬이 입에서 떠나지를 않았다. 공이 가난에 지쳐 죽게까지 되자, 마치 주가(朱家)[2]가 옛날에 그랬던 것처럼 힘을 내어 구제해 주었다. 공은 자기를 알아주는 것이 감격스러워, 더욱 힘써 글을 읽었다. 고금의 책을 깊고 널리 캐어내어 자기가

* 제자 정내교가 처음에 지은 것은 〈묘지명(墓誌銘)〉인데, 이경민이 엮은 《희조질사》에 위와 같이 간추려서 실렸다.
1) 김석주(金錫胄, 1634~1684)의 호. 영의정 김육(金堉)의 손자. 진사에 장원하고 문과에도 장원급제하였다. 대제학에다 어영대장을 겸했으며, 영의정 허적(許積)의 서자 견(堅)의 역적모의를 사전에 알아채고, 상소하여 공을 세웠다. 청성부원군에 봉해지고 우의정에까지 올랐다.
2) 한(漢)나라 사람. 의협심이 있고 손님 치르기를 좋아했다. 집안에 재주있는 선비 백여 명을 길렀으며 일하는 사람들은 헤아릴 수도 없었다. 일찍이 계포(季布)의 액운을 몰래 벗겨 주었지만 계포가 출세하자 끝내 만나지 않았다. 그때 사람들이 그를 어질다고 여겨서 그와 사귀기를 바랐다.

뜻한 바를 갈고 닦았다. 그 지식의 축적이 두터워질수록 그 지어지는 글이 더욱 새로워졌다. 농암 김창협 · 삼연 김창흡 두 선생이 그와 더불어 시를 주고받았는데 그에게 진심으로 감복해서, "그대야말로 마음대로 지껄여도 글이 되는 사람이구려"라고 칭찬하였다.

숙종 임금 임술년(1682)에 통신사를 따라서 일본에 갔다.

섬나라 오랑캐들이 종이나 비단을 가지고 와서 시와 글씨를 얻어갔다. 그가 지나가는 곳마다 그들이 담처럼 죽 늘어서면, 그는 말에 기대선 채로 마치 비바람이라도 치는 것처럼 써갈겨댔다. 그의 글을 얻은 자들은 모두 깊이 간직하여 보배로 삼았는데, 심지어는 문에다 그의 모습을 그리는 자까지도 있었다. 늘그막에 백련봉(白蓮峰) 아래에 집을 짓고 유하정(柳下亭)이라 이름지었다. 좌우엔 등잔대와 책이 있어 그 가운데서 시를 읊었지만 살림살이라곤 아무것도 없이 썰렁하였다. 아내와 자식들이 굶주렸지만 그는 마음에 두지 않았다. 내가 처음 유하정에서 공을 뵈었을 때 공의 나이가 벌써 쉰이나 되었다. 수염과 머리털이 희끗희끗한데다 얼굴빛은 발그레해서, 마치 신선을 바라보는 듯하였다. 이 해에 온 중국 사신은 글을 잘하는 자였는데 의주에까지 와서 우리나라 사람의 시를 보여 달라고 청하였다. 조정에서는 누구의 시를 가려 뽑을 건지 어려움에 닥쳤는데 당시의 재상이 공을 추천하였다. 임금께서도, "내 이미 그의 이름을 들었노라" 하셔서 곧 시를 지으라고 명하여 보내었다.

얼마 안 되어 이문학관(吏文學官)에 뽑히었다가 승문원(承文院) 제술관으로 승진하였다. 임기가 아직 끝나기 전에 모친상을 당하였다. 상을 다 치른 뒤에 다시 승문원에 벼슬했으며 통례원(通禮院) 인의(引儀) · 서부주부(西部主簿) 겸 찬수랑(纂

修郎)으로 옮겨서 우리나라의 시 고르는 일을 맡았다. 임금이 화공에게 명하여 서호십경(西湖十景)을 그리게 하고는 국구(國舅) 김경은(金慶恩) 공에게 글을 내려, "홍세태가 시로써 세상에 이름났으니 여기에다 열 편의 시를 지어 바치게 하는 게 좋겠소" 하였다. 공은 붓을 잡자마자 시를 다 지어 바쳤다. 곧 송라(松羅) 찰방(察訪)에 임명되었지만 부임하지 않았다.

또 의영고(義盈庫) 주부(主簿)에 임명되었지만 탄핵을 받고 파면되었다. 늙어갈수록 더욱 가난해져 살 수가 없었다.

재상이 추천하여 울산 감목관(監牧官)이 되었다. 그곳에 가선 공무 틈틈이 산과 바다를 떠돌아다닐 수 있었으므로 그 시가 더욱 호방하고도 자유스러웠다. 벼슬을 마치고 돌아온 뒤엔 몸이 쇠한 데다 병까지 깊어져서, 모든 일이 귀찮아지고 즐겁지가 않았다. 문을 닫아걸고 깊이 들어앉아서 나들이를 하지 않았다. 상자 속에 있던 원고들을 찾아서 손수 편집을 하고는 평생의 뜻을 서술하여 그 아내 이 씨에게 맡기며 말하였다.

"잘 간직하여 간행할 때를 기다리소."

얼마 안 되어 죽었으니 나이 일흔셋이었다. 공이 죽은 지여섯 해 만에 사위 조창회(趙昌會)와 제자 김정우(金鼎禹)가 돈을 모아 그 유고집을 간행하고자 의논하니 모두 열네 권이었다.

― 정내교《완암집》

유하 옹의 죽음을 슬퍼하며

— 정내교 —

오랑캐 아이들이 다투어 시를 얻으려 했기에
종이 한 장 비단 한 조각도 귀하게 여겼었지.
중국 시장에까지 흘러 전해져서
판에다 새긴 것과 한가지였네.
수백 년 지나는 동안
그 누가 이를 따라가랴.
여러 시인들도 모두 다
그 테두리를 벗어나지 못할 텐데.

蠻兒爭取賤縑貴、　　燕市流傳鋟刻同。
數百年來誰並駕、　　諸家摠是範圍中。

—《완암집》 권1

연보

- 1653년(효종 4) 12월 7일, 남양 홍씨 익하(翊夏)와 강릉 유씨 사이에 장남으로 태어났다. 자는 도장(道長)이고, 호는 창랑(滄浪)과 유하(柳下)이다. 말년에 유하라는 호를 많이 썼다. 아우 세범(世範)도 시를 잘 지었는데, 나중에 첨사까지 올랐다. 세굉(世宏)은 만호를 지냈다.
- 1657년, 글방 선생에게 몇 권의 책을 얻으면, 그 대강의 뜻을 통하였다. 조금 커서는 경(經)·사(史) 외에 제자백가(諸子百家)까지 두루 섭렵하였다.
- 1675년(숙종 1), 역과(譯科)에 합격하여 한학관(漢學官)으로 뽑히고 이문학관(吏文學官)이 되었다. 그러나 이미 정원이 차 있었기 때문에 실제로 이문학관에 부임하지는 못하였다.
- 1682년, 통신사 윤지완을 따라 일본에 다녀왔다.
- 1692년, 아들 금아(金兒)가 죽었다. 그래서 "방에 들어서면 네 소리 들리는 듯… 네 어찌 내 통곡 소리를 들을 수 있겠느냐?"라는 〈술애(述哀)〉 시를 애절하게 지었다.
- 1695년, 아들 아아(阿兒)가 죽었다. 그래서 "세상 살면서 그 누구라고 백세를 누리랴? 일생 동안 노래와 통곡이 거듭되네"라는 〈유감(有感)〉 시를 지었다.
- 1696년, 북경에 가는 사신을 수행하게 되었다. 그래서 국경까지 가서 오래 머물며 기다렸지만, 사정이 생겨서 결국은 중국에 가보지를 못했다. 당시에 중국과 사사로운 무역은 금지되어 있었지만, 중국에 가는 사신과 그 수행원들에게는 공

식적으로 일정량의 무역이 허용되었었다. 그래서 중국에 자주 드나드는 역관들은 고관들만큼이나 많은 재물을 모으고 부유하게 살았었는데, 모처럼 그에게 주어졌던 중국 사신길이 무산되었던 것이다.

- 1698년, 이문학관에 실제로 부임하였다. 그때 청나라의 호부시랑 박화락(博和諾)이 중강감시(中江監市)로 의주에 나와 있었는데, 우리나라의 시를 보자고 하였다. 그래서 우의정 최석정이 그를 숙종에게 추천하여 이문학관이 되었다. 숙종이 재위한 46년 동안 524명의 역관을 뽑았지만, 역관들의 정원은 체아직과 실직을 다 포함해도 76명밖에 안 되었다. 그래서 그가 역관에 합격한 뒤에도 23년 뒤에야 이문학관이 되었던 것이다. 승문원 제술관이 되었지만, 모친상 때문에 곧 그만두었다.

- 1701년, 삼년상을 지내는 동안에 살림은 더욱 가난해져서, 아내의 은비녀를 팔아 제수를 마련할 정도까지 되었다. 이때 지은 시가 〈선기일가빈무이공제수…(先忌日家貧無以供祭需…)〉이다.

- 1702년, 다시 제술관이 되었다.

- 1705년, 둔전장(屯田長)이 되었다. 둔전은 군졸·서리·평민·관노비에게 미개간지를 개간하게 하여 만든 전답이다. 둔전에서 나오는 수확은 지방관청의 경비와 군량미로 쓰였다.

- 1710년, 통례원(通禮院) 인의(引儀)가 되었다. 인의는 예식 때에 홀기(笏記)를 큰 소리로 불러주는 기술직인데, 목청이 좋은 중인들이 돌려가며 맡았다. 그러나 이 벼슬도 곧 빼앗겼다. 그래서 "영화와 치욕이 몸 밖의 일이라 나와는 관계없으니, 내 뱃속에 든 시야 귀신도 빼앗기 어려울 테지"라는 〈파관(罷官)〉 시를 지었다.

- 1713년, 서부주부겸찬수랑(西部主簿兼纂修郎)이 되었다.
- 1714년, 송라도(松羅道) 찰방(察訪)이 되었다. 숙종이 화공에게 명하여 〈서호십경(西湖十景)〉을 그리게 하고, 그로 하여금 10편의 시를 짓게 하였다. 《유하집》권5에 이 시가 실려 있다. 조창회에게 시집간 작은딸이 죽었다. 작은딸에 대한 사연은 그가 지어준 제문 〈망녀조씨부초기제문(亡女趙氏婦初朞祭文)〉에 실려 있다.
- 1715년, 다시 제술관이 되었다.
- 1716년, 의영고(義盈庫) 주부(主簿)가 되었지만 곧 파관되었다.
- 1718년, 이준로에게 시집간 큰딸이 죽었다. 큰딸에 대한 사연은 그가 지어준 제문 〈제망녀이씨부문(祭亡女李氏婦文)〉에 실려 있다.
- 1719년, 울산 감목관(監牧官)이 되었다. 이 기간 동안은 비교적 넉넉한 생활을 하였다.
- 1721년, 몇 달 사이에 두 아우가 죽었다. 이때 집안이 끊어지게 된 슬픔과 괴로움을 처절하게 느끼며 지은 시가 〈여노병수사무일자녀…(余老病垂死無一子女…)〉이다. 감목관을 사퇴하고 돌아와, 북한산 아래에다 유하정(柳下亭)을 지었다. 그를 따르는 많은 평민시인들이 모여들었다.
- 1722년, 제술관이 되었다.
- 1723년, 남양 감목관으로 추천되었지만, 제수되지는 않았다. 중국에서 온 사신이 작은 부채에다 시를 써 달라고 청하여, 지어 주었다.
- 1725년, 정월 보름에 아내에게 원고 상자를 맡기고 죽었다. 양주 이말산에 장사지냈다. 이덕무의 기록에 의하면, 그는 굶주리는 살림 가운데도 자기의 작품들을 후세에 널리 전하

기 위하여 그 간행 비용으로 베개 속에다 백은(白銀) 70냥을 저축하였다고 한다.

• 1728년, 아내 유씨가 죽으면서 남편의 유고를 작은사위 조창회에게 맡겼다. 유씨는 홍세태의 유언대로 홍세태와 합장되었다.

• 1730년, 조창회가 홍세태의 제자인 김정우와 돈을 보태어 《유하집》 14권을 간행하였다. 정내교가 묘지명을 지었다.

原詩題目 찾아보기